ヴィクトリア
心優しき豊穣と慈愛の女神。
昔からバイラヴァの
世話を焼いていた。

ダッシュエックス文庫

破壊神様の再征服
～世界征服をしたら救世主として崇められるんだけど～

溝上 良

一章

CHAPTER 01

そこは、戦場だった。

死屍累々《ししるいるい》。まさに、その言葉がふさわしい場所だろう。戦場と言っても、様々なものがある。

たとえば、小競《こぜ》り合いのようなものもあれば、国家間が総力を挙げてぶつかりあうような戦場もある。

そこは、どちらかと言うと、後者であった。

だが、国と国が激突した場所ではない。国と組織がぶつかった場所でもない。

――そこは、一人の男と全世界の戦力が激突した場所だった。

話にならない。誰もがそう思うだろう。当たり前だ。たった一人の人間が、国を超え、大陸を超え、そして世界と対等に戦えるものか。どれほど鍛《きた》えていたとしても、どれほど強力な武器を持っていたとしても、一人の人間はそもそも国一つをどうにかすることすらできないだろう。

そして、仮にその男が世界の敵とみなされ、全世界の戦力と激突したとしても、その結果はあっけない男の死で終わるというものだっただろう。

誰もが思う常識。だが、その常識は……あっさりと覆《くつがえ》されることになった。

破壊され尽くした街並み。倒れ伏す人々。その中には、異形《いぎょう》の者もいた。それは、まさしく全世界の戦力をかき集めたということを如実《にょじつ》に示していた。

人類と魔族はその垣根《かきね》を越えて手を取り合い、その男に立ち向かった。

人類の最大戦力である勇者も、魔族最強の王である魔王も、手を携《たずさ》えて男に挑んだ。天上の神々は祝福と天使を遣《つか》わすことによって、彼らを支援してその男に神罰を下そうとした。地下深くに住んでいる悪魔たちは、世界中の伝承で語られているような大悪魔も派遣《はけん》してその男を抹殺《まっさつ》しようとした。

たった一人の男を殺すのに、あまりにも過剰《かじょう》戦力。普通なら戦闘にもならず、一方的に押しつぶされるだけ。

ならば、何故《なぜ》こんなにも多くの人が、魔族が倒れている？　何故天使の翼はもがれ、地面に堕《お》とされている？　何故悪魔はその強大な力を失い、消滅している？

それは、男が世界中の戦力とまともに激突するだけの力を、たった一人で……個人で保有していたからである。一時とはいえ、むしろ優勢に戦争を進めることができるほどの力を持っていたからである。

命は奪われ、大地は割れ、海は裂け、空は堕ちる。そんなあまりにも惨《むご》く、酷《ひど》く、悪辣《あくらつ》な戦争は……今、ようやく終わりを迎えようとしていた。

「はぁ、はぁ……信じられねえ！　あれだけいた人が、魔族が、悪魔が、神が！　こいつにほとんど壊されちまった……!!」

ガクガクと膝《ひざ》を震わせながらおののくのは、この戦争の勝者。彼だけではない。数人の人影が、立っていた。そして、彼らの目線の先には、満身創痍《まんしんそうい》といった様子の男が倒れていた。

そう、世界を相手にして戦った、たった一人の男である。

彼は敗者。立っているのは勝者。だと言うのに、その表情はまるで逆だった。立っている方が追い詰められた敗者のような表情を浮かべており、倒れている男の方が満足した勝者の笑みを浮かべているのだから。

「……さあ、早く封印《ふういん》を施《ほどこ》そう。予定通り、滞《とどこお》りなく」

「ふざけたこと言ってんじゃねえぞ！　こいつを封印!?　いつか復活したらどうする!?　またこんな世界戦争を繰り返すのか!?　しかも、今度はどっちが勝つかわからねえんだぞ！　俺たちが全部の力を注いで、この様《ざま》だ！　勝ったのはどっちだよ!!」

一人の男の荘厳《そうごん》な声が響くと、即座に反応する金切《かなき》り声。彼は勝者であるにもかかわらず、その声音《こわね》には恐怖が多分に含まれていた。目は倒れ伏す男にずっと注がれている。急に起き上がって逆襲《ぎゃくしゅう》してくることを、異様なまでに恐れているのだ。

それほど、彼との戦争はおぞましく悲惨なものだった。

「ならば、どうするというのだ？」

「殺すしかねえだろうが！　それが、のちの時代まで火種《ひだね》を残さなくて済む！」

「そ、それはいけませんわ！　ちゃんとお話し合いをしたではありませんの！　彼は封印をして、反省を促《うなが》すと……」

　金切り声を上げ続ける男に異を唱《とな》えたのは、一人の女だった。豊かな金髪を臀部《でんぶ》に届くほどまでに伸ばし、豊満な肢体《したい》を持ち女性らしさに溢《あふ》れていた。キッと吊《つ》り上がった目は、彼女の意思の強さを表しているようだった。

「反省だと!?　こいつがそんなことするやつだと本気で思ってんのか!?」

「誰しも反省して成長することはできますわ！　たとえ、わたくしたち神だとしても、不変のものは存在しませんわ！」

　敵意すら見え隠れする金切り声を発する男にも、彼女は一歩も引かずに立ち向かう。お互い、引く素振りを一切見せないものだから、仲間同士とは思えないほど険悪な空気になる。

「よせ。仲間割れをしてどうする？　どのみち、我らではこの男を殺すことはできん。我らにできることは、ただ一つ。この男に強固な封印をかけ、半永久的に世界の外へと放逐《ほうちく》することだ」

「ちっ……！」

　仲裁《ちゅうさい》の言葉を聞いて、金切り声をあげていた男は舌打《したう》ちをする。たった一人の男の処遇のために、彼ら神ですらこうして激しく意見をぶつけ合っていた。

「……つまらん話は終わったか？　雑魚《ざこ》ども」

　そんな彼らにつまらなそうに声をかけたのは、倒れていた男である。全身血だらけで満身創痍だが、ゆっくりと身体《からだ》を起こして座り込んでいた。

「テメエ！　まだ俺たちを挑発するのか⁉　今のテメエなんて、死ななくてもボコボコにいたぶってやることはできるんだぞ⁉」

「やめてくださいまし！　そんなことは……‼」

彼ら神も少なからず負傷しているが、座りこんでいる男よりはマシである。

それはそうだ。彼は一人で、神側は全世界の戦力だったのだから。そもそも、こうして生きているだけでも不思議である。

詰め寄ろうとする男を女が止めるが……。

「――――やってみろ」

「ッ⁉」

その一言に、皆凍《こお》りつく。男も、それを止めようとしていた女も、身体を硬直させて動くことができない。

その男は、誰よりもダメージを負っていて今にも息絶えそうになっているというのに、この場をたった一言で支配してみせた。

「この我《われ》をボコボコに？　貴様風情《ふぜい》が？　ふははっ、笑わせるわ。貴様一人程度、この我に傷一つ付けることすらできんわ。口だけ達者《たつしや》な雑魚め。この状況でも、貴様だけなら消滅させることなど容易《たやす》い」

「ひっ、ぐ……っ‼」

全身に打ちつけられる殺気に、男は意識を飛ばしそうになる。

それでも、その意識をつなぎとめていたのは、神としてのプライドだろうか。

「どうして……どうしてですの？　わたくしたちは、人や魔族を導き、慈《いつく》しむべきなのに……」

悲しげな表情を浮かべながら問いかけてくる女に、男は鼻で笑った。

「ふん。そんなことを考えている神は、貴様くらいなものだぞ、女神。貴様の隣に立っている神々も、人間のことなんてカスとも思っていない自己中ばかりだ」

「そんなことは……」

ない、と言い切ることはできなかった。むしろ、この女神の方こそ神の中では異質なのだ。自分のことを考えず、欲望を満たすことすらしない。その強大な力は、全《すべ》て世界に住む人類と魔族のために使おうとする。

「それにな、それは貴様が豊穣《ほうじょう》と慈愛《じあい》の神だから言うことができるのだ。我は何の神だ？」

「…………」

女神は答えることができない。男は、ニヤリと口を歪《ゆが》めて笑った。

「我は破壊神。世界に暗黒と混沌《こんとん》を齎《もたら》す神だ！　人を導く？　魔族を慈しむ？　バカバカしい！　我はそれらに恐怖と破壊を与えるのだ!!」

ゴウッと吹き荒れたのは、魔力でも何でもない。

ただ、気圧《けお》された。その意思の強さに、自分はこうあれかしと義務づける、この破壊神の異質さに。

「……それでも！　わたくしはあなたのことを信じますわ！　封印が解かれたとき、あなたは優しい神様になっていると……！」

「……馬鹿《ばか》な女神だ」

これだけの戦争をして、命や世界を破壊しつくした男に向かって、なおも女神はそう言ってのけたのだ。もはや、破壊神としては呆《あき》れるしかない。

「さて、封印を施そう。我ら四大神の全ての力を注ぎ込み、世界を破壊しつくした神を抑え込む。我らが存在し続ける限り、この封印は解かれない。お前が再び世界に立つのは、数千、数万の時を経てからだろう。何か言い残すことはないか？」

「言い残すことだと？　そんなもの、あるわけがないだろう」

あまりにも気が遠くなってしまうほどの年月。その間封印されるというのは、恐ろしいことに決まっている。

だが、破壊神は笑ってみせた。

「我は必ずよみがえる。そして、再びこの世界を征服し、暗黒と混沌を齎す。覚悟しろ、備えておけ。この破壊神が復活することに、未来永劫怯《えいごうおび》えながらな」

その言葉は、呪詛《じゅそ》のように聞いた者の心に食い込んだ。彼を囲んでいる四柱《よはしら》の神はもちろん、倒れながらも意識を保っていた勇者と魔王……そして、妖精。

「……封印するぞ」

こうして、世界を破壊尽くした破壊神は封印された。

世界中の戦力の九割以上を壊滅させ、世界の大部分の文明を破壊したものの最後は正義に押しつぶされたその悪神は、千年の眠りにつくことになったのであった。

◆

「ふはははははははっ!! 我、復活!!」

そして、その破壊神は復活した。千年の時を越え、再びこの世界を破壊しつくさんと、征服せんと。

手始めに、近くにそれなりの生命力が密集している村を見つける。

まずは、そこからだ。小さなところで破壊神らしくないかもしれないが、その小さな一歩は大きな進歩になるのである。

破壊神はその村の上空に現れ、高らかに叫んだ!

「我は破壊神! さあ、恐れよ! おののけ! 跪《ひざまず》け!! 再び、この世界を我が征服しよう!!」

そう叫んで恐怖に震える弱き存在を見ようと意気揚々《ようよう》と見下ろせば……。

「おらぁ! テメエら皆殺しだ!!」

「精霊様に逆らって、生きていけると思うなよ!!」

「ひぃいいいいいいいいい!!」

「助けてえええええ!!」

「ぎゃっ!?」

破壊神のことに全く気づかず、武装した男たちが村人であろう無防備な人々に襲《おそ》いかかっていた。ポツンと空中で取り残される破壊神。

「えぇ……なにこれぇ……?」

破壊神様、盛大に困惑《こんわく》される。

二章

CHAPTER 02

ずっと暗い海の底を漂っているような感覚だった。暗く、冷たく、重い。

我《われ》はずっとそこで機会を待ち構えていた。一年が過ぎ、十年が過ぎ、百年が過ぎても待ち続けていた。

そして……そして、千年の時を経た今、ようやく我に光が差した。暗い海底に一筋の月光が届くように、それは弱々しかったが確かに我を照らしたのだ。

「ふははは！　誰か知らんが、どの神が封印《ふういん》を弱めたのか知らんが、致命的な隙《すき》を見せたなぁ！」

我はカッと目を見開いて、その光へ突き進んだ。

封印は強力なものだ。この我の力を以《もっ》てしても、一度かけられたものを打ち破ることは難しかった。だが、ほころびが生まれてしまえば……脱出するのは容易である！

この封印は、神が健在して力を注ぎ続けることで維持されていた。その一部が弱まったということは、誰かに何かよからぬことがあったということだが……知ったことではないな！

ガシャァン！　とガラスが割れるような音が鳴り響いた。と、同時に我の身体《からだ》が急速に引っ張り上げられる。そして……次の瞬間、我の目に入ったのはあの暗い深海のような場所ではなく、現実の世界だった。

見上げれば、青い空と白い雲が広がっていた。前に視線を向ければ、緑豊かな森が広がっていた。我がいるのは岩肌《いわはだ》がむき出しになった場所のようだが、この色すら懐《なつ》かしい。

「ふっ、ふふふ……」

我の口から笑い声が漏《も》れ出す。それは、最初こそ小さく噴《ふ》き出すようなものだったが、どんどん大きくなっていき……。

「ふはははははははははっ!!」

いつの間にか、そんな大笑いになっていた。

だが、それも仕方ないだろう。千年だ。千年、我は封印されて身動きすらままならなかったのだ。

我は、ようやく自由を手に入れた……！

「我、復活!!」

バッと両腕を広げて宣言する。

大喝采《かっさい》が沸き起こってもいいくらいだが、どうやらこの辺《あた》りに反応してくれる者はいないらしい。残念だ。

「んもう！　うるっさいわねぇ……。もっと静かにしてよねぇ……」

いや、いたな。我に反応してくれる者が。しかし、周りを見渡しても誰もいない。動物すらいない。

なら、どこから？　それは、我の中からである。

ポウッと我の胸から黒い光の珠《たま》が飛び出してくる。グルグルと我の周りを回ったそれは、次《し》第《だい》に光を大きくしていき……。

「ふわあああ……。ねむ……」

パッと我の目の前で光が弾《はじ》けるとともに現れたのは、小さな……そう、我の手の大きさくらいの小さな人間であった。サラサラの黒い髪が腰のあたりまで伸びていて、真っ黒な目とあわせて闇《やみ》を想起させる小さな女。せっかく綺麗《きれい》な髪なのに、寝起きということもあってかガシガシと遠慮なくかいている。むにゃむにゃといかにも眠そうに顔を歪《ゆが》めているのは、我の……なんだろう？　なんかよくわからないけど我と一緒にいる妖精である。

「久しいな、ヴィル」

「おはよ、バイラ。てか、いきなりうるさいわよ。何騒いでんの？　しかも一人なのに。こわっ」

我がそう気さくに挨拶《あいさつ》をすれば、めちゃくちゃ辛辣《しんらつ》に返ってくる。なんだこいつ。

「でも、本当に久しぶりよね。何年くらい経《た》ったの？」

「我の体感時間だと、千年」

「マジ!?　そんなにあたし寝てたのかぁ。道理で肩が凝《こ》るわけね」

グリングリンと小さな肩を回すヴィル。仕草《しぐさ》がおっさんである。

「……周りにあのウザったい神とかはいないみたいね」

「千年も経ったからな。流石《さすが》にスタンバってたら我もビビる」

キョロキョロと周りを見渡しながら言うヴィルに、我も答える。

流石に千年間ずっと目の前でいつ封印が解かれるかと、待ってはいないだろう。

いや、そもそも、あの封印は千年以上確実に効果を発揮《はっき》し続けるものだった。我が隙あらば抜け出そうとしていたことも一因だろうが、何よりも封印がほころんだことが原因だ。我を封印した四大神に、何か異変があったに違いない。

我のことを気にする余裕もないのではないだろうか？

「あの女神だったらやりそうじゃない？　めっちゃ甘々だったし」

「甘々で人類や魔族を庇護《ひご》していたからこそ、やつは今も頼られて多忙を極《きわ》めていることだろう。我を監視したくても、できないのだ。ふっ、馬鹿《ばか》なやつめ」

「あっそ。まあ、あたしも出てこられたのは良かったわ。ずっと封印されているなんて、絶対嫌だからね」

ヴィルの言っているのは、四大神紅一点《こういってん》の女神のことである。やつは我のことすら更生させようとしていたほどだからな。

いや、破壊神が破壊しなくなったらそれもアイデンティティの喪失《そうしつ》だからね？

「……どうでもいいけど、いつまで全裸《ぜんら》でいるつもり？　あたし以外が見たらトラウマものよ」

ジト目で我を見つめてくるヴィル。

……やけにひんやりとすると思えば、我全裸か。こらこら、どこをガン見している。

「む？　衣服は流石に千年も経てば持たないか……。しかし、そんなガッツリ見られると流石の我も照《て》れる」

「そんなに見てないわよ。別に目新しいものでもないし」

ケッと荒《すさ》んだ表情をするヴィル。

妖精が男性器を目新しいものでないとか言っちゃっていいの？

だが、全裸でいたいという変態ではないので、魔力で適当な衣服を作ってそれを纏《まと》う。

「で？　これからどうするの？」

我を窺《うかが》ってくるヴィル。

言うまでもない。我のやることは、千年前から決まっている。

「ふっ……無論、我のやることは決まっている。我は破壊神。この世界に暗黒と混沌《こんとん》を齎《もたら》す者だ。再びこの世界を破壊し、征服し、悲劇の物語の幕開けとしよう！　ふははははははは!!」

「あんたの笑い声うるっさい!!」

怒られてしまった……。

しかし、我はめげない。早速《さっそく》、破壊して征服してやろうと近くに人間や魔族がいないか探る。

うーむ……どうやら、この辺りにはあまり集落などの集合地がないようだった。我が封印されていたということも理由にあるのだろうか？　もっと索敵《さくてき》範囲を広げれば……いた。

「さて……ふむ、我の索敵に引っ掛かったな。数はそれほど多くないから、村か。よし、まずはそこを破壊するぞ、ヴィル」

「え、村でいいの？　どうせだったら、でっかいところを破壊しましょうよ。王城とかいきなり破壊したら面白《おもしろ》いわよ」

なんでこんなにデンジャラスなんだろう、この妖精。我より破壊神らしくない？

とはいえ、確かにヴィルの言っていることには一理ある。唐突《とうとつ》に王城が破壊されるとなったらインパクトは非常に大きいだろうし、我も派手《はで》なことは嫌いではない。

だが……。

「いいか、ヴィル。大きなことを為《な》すには、まず小さな一歩からだ。我の破壊譚《たん》は、その村から始まるのだ！」

「ふーん。まあ、好きにしなさいよ。あたしはあんたについて行くだけだし」

そう言うと、ヴィルは再び黒い珠になり、我の身体の中に入ってきた。

封印される前も、確かこうやって入ってきたか？　別に逃げればよかったのに……変な妖精だ。

「よし、行くぞ!!」

グッグッと脚《あし》を屈伸させて準備運動をする。そして、ズガン！　と地面を蹴《け》り砕《くだ》いて一気に飛んでいく。我の封印されていた岩肌がガラガラと崩《くず》れる音が聞こえてきたが、どうでもいい。

ビュンビュンと風を切り、我の身体は大空を滑空する。しばらくそのまま突き進み……我の索敵に引っ掛かった村へと到着する。その上空へとどまり、大きく腕を広げて宣言する！

……の前に、喉《のど》の調子を整えておこう。かすれたり上がったりしたら恥《は》ずかしいからな。コホンコホン。

……よし！

「我は破壊神！　さあ、恐れよ！　おののけ！　跪《ひざまず》け!!　再び、この世界を我が征服しよう!!」

完璧《かんぺき》だ……決まった……。

我は自分のことながら惚《ほ》れ惚《ぼ》れとしてしまう。

これで、村人たちは恐慌《きょうこう》状態へと陥《おちい》ることになるだろう。我を見上げ、信じられないと叫び、そしてひれ伏すのだ！

そんな直近の未来を想像して、意気揚々《ようよう》と見下ろせば……。

「おらぁ！　テメエら皆殺しだ!!」

「精霊様に逆らって、生きていけると思うなよ!!」

「ひぃいいいいいいいい!!」

「助けてええええ!!」

「ぎゃっ!?」

……なんかもうすでに村人たちは恐慌状態に陥っていた。

なにこれ、信じられない。

逃げ惑《まど》う村人たちを、武装した兵隊たちが追いかけ回している。

あ、一人殺された。あ、また一人……。

『めっちゃ盛り上がっているわね』

我の頭の中でそんな声が響く。我の中に入っているヴィルである。

いや、盛り上がっているって……これそういうやつ？　なんか襲《おそ》われてない？

とりあえず、呆然《ぼうぜん》としながら村に降りると……。

「たす、けて……神様……」

血を流して倒れ伏している年端《としは》もいかない少年に、ズボンを摑《つか》まれた。

しかも、助けを求められて……。我、破壊神ぞ？

「ええ……なにこれぇ……？」

我が困惑《こんわく》するのも、当然のことだった。

◆

『お兄ちゃん！　助けてよ！』

（ああ、またこの夢だ……）

ぶわっと目の前に広がった光景を見て、トーマスはとても冷静に判断することができた。もう何度繰り返し見てきたかわからないほどの悪夢だからだ。

そう、悪夢だ。これは、過去実際にあったこと。そして、自分の無力さと情けなさがハッキリとした、最低最悪の悪夢。

『どうして……どうして助けてくれないの!?』

(俺はずっと、これに苦しめられ続けるんだな……)

記憶の中の村が燃えている。自分によくしてくれた幼馴染《おさなじ》みの両親は、血を流して倒れている。一緒に遊んでいた友人も、倒れてから動く気配がない。何よりも、自分と彼女をとても優しく育ててくれた両親は、火に焼かれて黒こげになっていた。

そして、【やつら】に引きずられていく最愛の妹。

『お兄ちゃあああああああああああああああん!!』

◆

「はっ!!」

ガバッと飛び起きるトーマス。薄っぺらい布団《ふとん》が吹き飛ぶ。

「はぁ、はぁ……」

荒い息をゆっくりと沈めていく。

対処法だって、もう分かっている。あの悪夢を見て、飛び起きる。ずっと繰り返してきたことだった。

「慣れる……わけないよな」

自嘲《じちょう》するように笑うトーマス。全身から嫌な汗《あせ》が噴き出していて、気持ち悪くて仕方ない。

チラリと外を見ると、まだ日は昇っていない。ぼんやりと明るくなっている程度だった。

いつもそうだ。あの日から、ぐっすりと眠ることができた夜なんてない。こうして、いつも悪夢にうなされて飛び起きるのだ。

とはいえ、これでも少しマシになった方である。最初の頃は、本当に寝てから数十分で飛び起きて涙を流し、また寝てということを繰り返していたのだから。

慣れたのだろうか？

そう思うと、自分の図太さと馬鹿さに笑いがこみあげてくる。

「……まあ、どうせぐっすり眠ることなんてできないしな」

そうだ。トーマスが眠ることができなくなった日。それは、自分だけではなく、この村全体を大きく変えた日だった。

誰かに管理され、ありとあらゆることを強制され、しかしそれに刃向かうことは許されない。そんな奴隷《どれい》のような生活を送らなければならなくなった。

ほら、また今日が始まる。

「起きろぉ！　ダラダラ寝てんじゃねえぞ、クソ労働者!!」

そんな怒声《どせい》と共に、ガランガランと村の教会の鐘《かね》がけたたましく鳴らされる。

本来は祝福の意を込めて鳴らされるものだったはずだが、もはやこうして起床時間を告げる意味のものに替わったことに慣れてしまった。

変わり果ててしまった、彼女のこんな怒声にも。

◆

この村の一日は、教会の鐘が乱雑に鳴らされる時から始まる。それは、鐘を鳴らす者の裁量次第であるが、基本的には早朝の日が昇るか昇らないかの境目くらいが多い。こういった時間帯が、一番人間にとって辛《つら》い時間であることを知っているからだ。

悪夢で起こされることが毎日のトーマスは、たいてい他の村人たちよりも先に家から出る。家と言っても、非常に粗末《そまつ》なものだ。風と雨がしのげる。それだけだ。

ぜいたく品はもちろんのこと、家具すらろくなものが揃《そろ》えられていない。【やつら】に支配されてしまった現状、必要最低限の物以外の所有は認められていないからである。

トーマスはボーっと村人たちが眠い目を擦《こす》りながら家から這《は》い出てくるのを眺《なが》める。皆やせ細り、目の下のクマも酷《ひど》い。栄養状態は非常に悪かった。

しかし、誰もこの状況を何とかしようという者はいない。ただ絶望の表情で、のそのそと言われるがままに動いている。

（まるで、生きた屍《しかばね》……アンデッドのようだ）

そんなことを考える自分もまた同じ存在なのだと気づいて、苦笑いするトーマス。すると、ビュッと空気を切り裂く音が聞こえたかと思えば……。

「ぎゃっ!?」

腹部に激痛が走り、トーマスは地面に崩れ落ちていた。ドシャリと倒れるとともに、激痛の走った腹を震えながら見る。すると、粗末な衣服が切られており、薄い布地ではカバーできなかったとみえて皮膚《ひふ》から血が流れていた。

それは、彼女が振るった鞭《むち》によるものだった。

「あのさぁ、誰が勝手に笑っていいって言ったの？」

「うっ……！」

ガッと突っ伏している自分の身体に蹴りが飛んでくる。

だが、それをした人物自体にはそれほど力がないせいか、先ほどの腹部を打った攻撃よりは何倍もマシだった。とはいえ、彼もほとんど食事をとれていないため、ダメージはそれなりのものである。

下から見上げるようにして視線を向けるトーマス。そこには、やはり彼女がいた。

短く切りそろえられた黒髪は、あまり手入れがされていないのだろう、ぼさぼさになっていた。顔は整っているのだが、自分を見下ろすその表情は恐ろしいほど厳しいものだった。変わり果ててしまった、自分の大切な妹だった。

「勝手なことしないでくれる？　あんたたちはただの労働力。精霊様の下僕《げぼく》なんだから。そんな奴《やつ》に、笑う必要なんてないでしょ？」

そう言う妹……カリーナの目と声は、決して兄に向けるような温かみのあるものではなかった。

かつての面影《おもかげ》は、どこにもない。自分を慕《した》ってくれていたあの可愛《かわい》らしい妹の姿は、どこにもない。彼女が自分に向けてくるのは、ただただ軽蔑《けいべつ》と敵意である。

親愛も、家族愛も、全《すべ》てなくなってしまった。

だが、それは全部自分のせいなのだ。あの時、あの日、自分が彼女を助けなかったから。自分の身可愛さに、彼女を見捨てたから。

だから、これは全部自分のせいなのだ。

「……すみません」

その謝罪の言葉は、少なくとも家族に向けるようなものではなかった。頭を垂《た》れて許しを請《こ》う実の兄を、カリーナは氷のような冷たい目で見下ろしていた。

「……役立たず」

その言葉には、どのような感情がこもっているのだろうか。あの時、助けてくれなかったことに未《いま》だに失望しているのか。

変わり果ててしまった今も、彼女は……。

「ほら、さっさと行くわよ！　今日も精霊様のためにボロボロになるまで働きなさい！」

バシン！　と地面を鞭で叩《たた》きつけながら叫ぶカリーナ。村人たちは、トーマスのようになるのは御免《ごめん》だと、アセアセとしながら動き始める。

カリーナはチラリとトーマスのことを見たが、しかしすぐに興味が失《う》せたようにその場から離れて行った。

うずくまる彼を、誰も助けようとはしない。そんな余裕を、ほとんどの村人は持っていないからだ。少しでも遅れれば、あの鞭に打たれることになるだろうし、これからの重労働を考えると少しでも体力の消耗《しょうもう》は避けたかった。

だが、そんな中でも、彼を思いやってくれる者がいた。

「大丈夫？」

明るいオレンジの髪を短く切りそろえた美しい少女が、彼にそう声をかけたのであった。

「リーリヤ……ああ、ありがとう。大丈夫だよ」

トーマスのことを労《いたわ》ってくれたのは、リーリヤ。彼の幼馴染みであった。

彼女もまた他の村人たち同様、決して良い栄養状態とは言えないのだが、生来のものだろうか、とても整った容姿をしている。

そんな彼女は、整った表情を歪めてトーマスを見た。

「血も流してるんだから大丈夫なわけないよね。はい、お腹《なか》出して。お薬塗ってあげるから」

「え、い、いや、いいよ。勿体《もったい》ない。薬なんて、めったに手に入らないんだから、自分のために残しておいて」

小さな壺《つぼ》を何の躊躇《ちゅうちょ》もなく開けて、ツンと鼻に衝《つ》くような匂《にお》いがする軟膏《なんこう》を指にとるリーリヤ。

食事すらまともにとることのできない現状、薬はとても貴重なものだ。

他の村人も少量は持っているだろうが、決して他人のために使おうとはしない。いざというとき、自分用に残っていなかったら、薬を手に入れることは難しいからだ。

しかし、リーリヤはニッコリと笑った。

「じゃあ、私が困っている時に助けて。ね？　自分のためでしょ？」

「リーリヤ……」

そこまで言われて、トーマスが拒絶することはできなかった。

彼女に言われた通り、粗末でボロボロの衣服を持ち上げ、傷を負った腹部を見せる。横一文字《いちもんじ》に裂けた皮膚に、リーリヤが軟膏を塗りこんでいく。

「……あのね、カリーナちゃんのこと、恨《うら》まないであげてね」

軟膏を塗りながら、彼女はぽつりとつぶやいた。

「あの子、尖兵《せんぺい》に連れて行かれて……絶対に大変なことを経験したと思うんだ。それで、人格も変わっちゃったみたいになっているけど……まだ本当のカリーナちゃんは死んでないと思うの」

「……ああ」

そんなこと、言われなくたって分かっている。

自身の脳裏《のうり》に浮かび上がるのは、燃え盛る村を背景にしながら、大きな尖兵たちにその小さな身体を引きずられていくカリーナの姿。

そして、戻ってきたときには、彼女はすっかり変わってしまっていた。冷たく、厳しく、精霊のためにその身を粉《こ》にして働く従順な手先に成り下がっていた。

「だって、もし本当に身も心も精霊に尽くしていたら、私たちはもっと過酷な労働をさせられていたはずよ。でも、死者はほとんど出ていない。それって、カリーナちゃんが管理することで私たちのことを助けてくれているんじゃないかな」

そうだ。リーリヤの言う通りだ。本当に精霊のために全てをなげうって労働させようとしたら、おそらく死者は大量に出ていたことだろう。ろくに食事もとれない状況で過酷な肉体労働をさせられたら、命を落とす者が出てきても不思議ではない。

だが、それがない。ということは、カリーナがうまく回しているということもあり得るのではないか？

もし、自分たちを守るためにあのような、精霊に魂《たましい》を売ったふりをして悪役を気取ってくれているのだとしたら……。

「……そうだな。カリーナは、昔からずっと優しい子だった」

「んっ」

「俺が……俺があの時に何もしなかったから……！」

そう考えると、なおさら自分のことが許せなくなる。

そんな優しい妹に、自分はいったい何をさせているのだ？　彼女を精霊から助けるのが、兄としての責務ではないか？

だというのに、自分はこうして何も変えようとせず、ただ毎日を自堕落《じだらく》に過ごすだけ。なんと情けないことか。ここに刃物があれば、自分の首を掻《か》っ切りたいほどだった。

「大丈夫だよ」

そんなトーマスを、リーリヤは優しく抱きしめた。豊満な胸に顔を埋められる。

不思議と性的な欲望が湧《わ》き上がってくることはなく、あの日に死んでしまった母のことを想いださせるような母性があった。

「あんなの、どうしようもないよ。だって、私たちは普通の人間でしょ？　もっと凄《すご》い人で凄い力を持っていないと、精霊様の意思に逆らえるはずないじゃん」

「凄い人、か……」

「そうそう。ほら、四大神様とか！」

四大神。その言葉を聞いて、トーマスは思わず噴き出してしまう。それは、子供が親から眠る前にしてもらうような話だったからだ。自分も、まだ母が生きていたころに、よくそんな話をしてもらったことを覚えている。

「おとぎ話じゃん」

「そうだけどぉ！　とくに、女神様は私たちに優しくしてくれるらしいよ。女神様が私たちのことを助けてくれたらなぁ……」

頬《ほお》を膨《ふく》らませて怒るリーリヤ。

四大神と言っても、全て人類に優しく接してくれるというわけではないというのは覚えていた。彼女の言う通り、四大神の中でも唯一《ゆいいつ》、女神だけは人類のことを思いやってとても優しくしてくれるようだが……。

「……無理だよ。どうせ、何もしてくれない。こんなに世界はボロボロなのに、ずっとそのままじゃないか」

「トーマス……」

その女神でさえ、助けてくれないではないか。

今の状況が、助けるに値《あたい》しないとでも？　こんな強制労働をさせられ、ろくに食事もとることができない現状が？

伝えられる話を聞く限り、女神は助けてくれるはずだ。それなのに、助けてくれないところをみると……当然のことながら、そんな神様なんて存在しないということになる。

トーマスの顔を見て、痛ましそうに表情を曇《くも》らせるリーリヤ。それに気づいた彼は、空気を変えようと明るい口調で話す。

彼も、別に彼女のことを落ち込ませたいわけではないからだ。

「俺からしたら、そんな何もしてくれない四大神様よりも破壊神様の方がいいな」

おとぎ話では、神は四柱《よはしら》である。しかし、敵役としてもう一柱《ひとはしら》、神が現れるのだ。

それが、破壊神。絶大な力を振るい、世界を征服し、闇と混沌を世界に齎した最強最悪の神である。

もちろん、悪役を好きになる子供なんてほとんどいない。

リーリヤも眉《まゆ》を顰《ひそ》める。

「えー！　だって、破壊神様って世界をめちゃくちゃにした神様でしょ？　四大神様に倒されたらしいけど、またいつ復活するかわからないって……」

「こんな世界、破壊してくれた方がマシだよ」

トーマスも小さなころは例に漏れず破壊神のことなんか好きではなかった。だが、こんな冷たく残酷な世界なんて、破壊されて征服された方がマシだ。

そう思うように、彼もまたカリーナと同じく変わってしまっていたのであった。

「……はい、終わり。早く行かないと、カリーナちゃんにまたいじめられちゃうよ」

「ああ、そうだな。ありがとう、リーリヤ」

軟膏を塗られた傷口の上から簡素《かんそ》な布を巻きつけてもらい、トーマスは立ち上がる。

またあの鞭を受けるのは御免だった。

「ううん。……神様、助けてくれるといいね」

労働場所まで歩いて行こうとするトーマスの背中に、リーリヤのそんな言葉がかけられた。

それに対して、彼は振り返ることなく、言葉を返すのであった。

「……神様は人なんか助けてくれないよ。絶対に」

今日も労働をする。大きな木材を運び、石材を引っ張り、土を掘る。

これが何のための作業なのか、知ることはできないし知ろうとも思わない。ただただ、命令されることを繰り返す。それがあの日、村が焼かれてから当たり前の日常となっていた。

単純作業。だからこそ、こういうときにトーマスは色々なことを考えてしまう。

（……何でこんなことになったんだろうな）

そもそも、この世界はどうして精霊なんて存在に支配されているのか。昔は、精霊はこの世界に存在していなかったらしい。

ある時、突然どこからか現れた彼らは、猛威《もうい》を振るった。世界中を席巻《せっけん》し、征服したのである。

もちろん、人類や魔族だって黙って見ていたわけではない。軍隊や騎士団を出動させたし、当時の勇者も立ち上がったという。魔族では最強の魔王も、その精霊と戦った。

だが、今この世界は精霊によって支配されている。

つまり、彼らは敗北したのである。勇者も、魔王も、精霊に手も足も出ずに敗北したのだ。だから、こんな世界になっている。

（まあ、これもおとぎ話だけどな）

実際、トーマスが生まれてから起きたことではない。だから、このおとぎ話が本当のことなのかはわからない。

ただ、彼らが頂点として君臨《くんりん》し始めたのは、数百年前のことらしい。そう考えると、おとぎ話が史実に基《もと》づいて作られたもの、という可能性もなくはない。それに、確かにこの世界で最も力を持っているのは精霊であるし、この世界は精霊に征服されていると言っても過言ではない。

だが、本当に世界中を管理できているかと問われれば、それは首を横に振らざるを得ないだろう。人類の国もあるし、魔族だってちゃんと生きている。

そう、精霊に人や世界を管理しようという気持ちはないのだ。彼らは自由。思ったままに行動し、欲望を満たすためだけに唐突《とうとつ》に行動を起こす。自分たちの村が焼かれて強制労働をさせられているのも、精霊の気まぐれだろう。

しかし、その気まぐれを妨げることはできない。ヘタをすれば、国一つがあっさりと潰《つぶ》されることになるからだ。だから、国家は精霊の行動を黙認する。

(邪魔はしません。だから、私たちを見逃してください……ってか)

国は自分たちを助けてくれない。自国の領土内で自国民が理不尽に貶《おとし》められていたとしても、それが精霊によるものであれば絶対に手を出さない。それが、今の世界の常識となってしまっていた。

(……俺にそれを悪く言う権利なんてない。俺もあの日、カリーナを助けなかった。自分の身可愛さに……)

精霊の尖兵は、ある日突然村を襲った。

尖兵は、厳密に言うと精霊ではない。この世界の人間や魔族である。その彼らが精霊の下につき、精霊に認められると、尖兵となることができる。

彼らは精霊の意思の元に行動する。つまり、彼らもまた精霊と同じ扱いを受ける。彼らが村を襲っても、国が動かないのはそういうことが原因だ。

村を焼いた理由は、よくわからない。手っ取り早く労働力を手に入れるためか、それとも彼らの嗜虐心《しぎゃくしん》を満たすためか。

尖兵も人間や魔族である。そして、弱者をいたぶっても決して責められることがないという特権階級のような存在だ。そんな彼らが、暴力的な欲望を満たすために行動していても、何ら不思議ではない。トーマスの両親のように、殺された者だっている。

そして……。

(カリーナ……)

チラリと自分たちを指揮している変わり果てた少女を見る。

妹はあの日、尖兵に連れて行かれた。彼女だけではない。村人の女性の何人かが一緒に連れて行かれた。

そして、その連れて行かれた先でどのようなことをされたのかは、簡単に想像できるだろう。人格否定、拷問《ごうもん》、性暴力……目を背《そむ》け、耳を塞《ふさ》ぎたくなるようなことをされたのだろう。

そして、カリーナは変わった。精霊に身も心も捧《ささ》げ、尖兵に媚《こび》を売った。それは、その苦痛に耐えられなかったから。逃れたかったから。

そうして、帰ってきた彼女は、村人たちを指揮して強制労働に当たらせる監督官になっていた。

精霊のために村人たちをこき使う、鬼になっていた。

(だけど、リーリヤの言った通りだ。カリーナは全てを忘れて、何もかも捨てたわけじゃな

い）

鞭で人を打つし、怒鳴ったりもする。だが、決して最後の一線を越えようとはしなかった。他の尖兵たちは、欲望のままに行動する。人を殺し、犯し、何かを奪う。カリーナはそれを一度もしたことがなかった。

（だから、情けないのは俺だけだ……）

「午前の労働は終わり！　午後からまた働かせるから、身体を休めておきなさいよ!!」

また耳ざわりなほどガランガランと強く教会の鐘《かね》が鳴らされ、カリーナの怒声《どせい》が聞こえてくる。それと同時に、陰鬱《いんうつ》としながらも張りつめていた雰囲気《ふんいき》が、ほんの少し緩《ゆる》まる。

彼女の言う通り、この鐘が鳴ると昼の休憩《きゅうけい》になる。粗末でごく少量の昼食をとったり、疲れ切った身体を休めたりすることもできる。午後からまた同じような過酷な労働が続くので、トーマスも自分の身体を休めなければならない。

考え事を打ち切って、村に戻ろうとすると……。

「うわっ!?」

ドン、と後ろから突き飛ばされる。万全《ばんぜん》の状態だったら脚に力を入れて踏ん張ることができたのだろうが、もともとの栄養状態と労働後の疲労感で力が入らず、不様《ぶざま》に地面に転がってしまった。振り返れば、自分を見下ろす冷たい顔をした村人たちの姿があった。

「ちっ。こんなとこに突っ立ってんじゃねえよ」

「もっと働けよ。テメエは俺たちの何倍も働いて、さっさと死んでくれ」

「あんな裏切り者の兄貴なんだから、当然だろ？　休憩なんて一丁前にとってないで、代わりにさっさと作業を進めておいてくれないかなあ」

次々に降りかかる言葉の暴力。

彼らは歳《とし》も近く、以前まではよく一緒に遊んでいて仲も良かった。それが、このように険悪になったのは、やはりあの日、尖兵が村を焼いたときからだ。

まだ、その時はお互い助け合おうとしていた。

決定的に決裂したのが、カリーナが戻ってきて苛烈《かれつ》に村人たちを管理し始めてからである。

彼女のことを信じているトーマスやリーリヤはまだしも、他の村人たちからすれば、自分の身可愛さに精霊に魂《たましい》を売って自分たちを痛めつけてくる裏切り者に他ならない。

だが、そんな彼女に逆らうことはできない。それは、すなわち精霊に逆らうことになるからだ。

しかし、不満は溜《た》まる。だから、その矛先《ほこさき》はトーマスに向かった。

カリーナの兄。兄なんだから、妹への恨みはお前が受けろ、と。

「…………」

「無視かよ。キモ」

反応することはしないし、反抗することもしない。ただ、受け入れる。自分は兄だから。カリーナの唯一の家族だから。

（……そんなことを言って、所詮《しょせん》やり返すのが怖いだけだろ。一人で、複数の相手をするのが

怖いだけだ。俺は、臆病者《おくびょう》だ）

そう考えながら、トーマスは村へと戻る。他の、労働していた村の男衆も、すでに戻って簡素な食事や休憩を楽しんでいた。トーマスもリーリヤと合流し、短いながらも唯一の憩《いこ》いの時間を楽しもうとして……。

「よおおお！　カリーナ！　作業は進んでるかあああ⁉」

悪夢がやってきた。

ぞろぞろと村を我が物顔で闊歩《かっぽ》する複数人の集団。先頭を歩く大男以外は、皆同じような鎧《よろい》を着用しており、騎士団の騎士のようにも見える。

だが、その厭《いや》らしい笑みや荒々しい雰囲気は、明らかに清廉《せいれん》な騎士とは異なるものだった。

「おい、カリーナあ！　どこだあああ⁉」

「ぐ、グラシアノ様！　どうされたんですか？」

先頭を歩く大男が名前を呼べば、すぐさま駆けつけるカリーナ。トーマスや村人たちに見せるのは怒りや軽蔑といったマイナスの感情ばかりなのだが、今の彼女はにこやかな笑みを浮かべていた。

……いや、にこやかというより、媚《こ》びきった笑みと言えるだろう。怒らせたくない。そんな感情がにじみ出ているのを、兄だからこそ悟ることができた。

「ひぃっ⁉」

「な、何でこいつらがここに……⁉」

村人たちは、グラシアノたちを見て小さく悲鳴を上げる。皆一様《いちよう》に顔に恐怖の表情を張り付け、少しでも彼らから距離をとろうとゆっくりと後ずさりする。

あからさまに逃げれば、彼らに目をつけられてしまうかもしれない。そうなったら、待っているのは地獄だ。

「ど、どうして尖兵が……」

「わ、わからない」

リーリヤが震える声で小さく尋《たず》ねてくるが、トーマスだって明確な答えを持っているはずがない。精霊側であるはずのカリーナでさえ、尖兵が来たことに驚いていたのだから。

「精霊様のためにしっかり働いているか、確かめに来たんだよ。ほら、俺って精霊様の忠実なしもべだからよお！」

そう言ってゲラゲラと品のない笑い声を上げるグラシアノと尖兵たち。トーマスはそれを聞きつつも、彼らが精霊のために確かめに来たというのは嘘《うそ》だと内心断じていた。

（あいつらが他のもののために行動するはずがない！）

自分たちの村を焼いたのも彼らだが、必要以上に殺したり奪ったり……そして、犯したりしたことは精霊の命令ではない。あれは、彼らの欲望。最終的に精霊の命令を果たすことができればそれでよく、その過程で尖兵たちは自分たちの欲望を満たすためだけに動くのだ。

だから、今回ももしかしたら精霊が確認に来させたのかもしれない。だが……自分たちだけがよければそれでいい彼らが、確認だけで帰ってくれるとは到底《とうてい》思えなかった。

「あんまり進んでねえみたいだしなああ？」

ギロリとグラシアノの目がカリーナに向けられる。その言葉は、明らかに責めるような色が含まれていた。

「そ、そんなことは……」

カリーナはビクッと身体を震わせながらも、何とか答えようとする。村人にあれほど高圧的に接していたとは思えないほど、弱々しい姿だった。しかし……。

「あ？　口答えすんの？」

「い、いえ！　すみません!!」

重くて低いグラシアノの言葉に、カリーナは深く頭を下げて謝罪した。これだけを見ても、二人の関係性がハッキリと分かる。

「ちゃんと謝れるのは偉いなぁ。また久しぶりに可愛がってやろうか？」

「いえ！　恐れ多いです！」

ニヤニヤと笑うグラシアノは、気安くカリーナの肩を抱く。ニッコリと笑うカリーナであるが、明らかに怯《おび》えていた。

兄であるトーマスでなくても分かるほどなのだから、彼が強い怒りを抱くのは当然だった。

「ただ、遅いのはいただけねえなあ！　だってよお、まだまだ全然できるはずなんだよ。ここ、人がほとんど死んでねえだろ？　ってことはさあ、余裕があるってことなんだよお！」

そう言うと、グラシアノはチラリと共にやってきていた仲間に目を向けた。それを受けた尖兵はコクリと頷《うなず》くと、近くにいた村人の一人に近づき……。

「ぎゃあああああ!?」

「あっ……!!」

自然に、何をするでもないような感覚でその男を切り捨てた。トーマスたち村人はもちろんのこと、カリーナでさえも唖然《あぜん》とする。

「カリーナさあ、甘い！　甘いわあああ！　誰も殺さねえから、こいつらゴミも舐《な》めてダラダラ働くんだよ。働け！　じゃねえと殺すぞ!!　……そう言ったら、誰だってちゃあんと働くぜええ!?」

「で、でも、そんなにしたら皆死んじゃって……」

グラシアノの言葉通り、簡単にあっさりと人の命を奪った尖兵たちに向ける村人たちの目と表情は、恐怖で支配されていた。

ほとんどの者が、彼らに命令されたら何でもするだろう。自分はあんな死に方をしたくないと、そう思っているから。

カリーナはそれでもおずおずとしながらも言葉を返す。人を殺して数を減らせば単純に労働力が下がるし、それに……彼女は村人たちを殺したいわけではなかった。

だが、ポカンとしたのはグラシアノであった。

「……別によくね？　こいつらがどれだけ死のうが、俺らには関係ないだろ。てか、精霊様の命令の方が大切だし」

カリーナは愕然《がくぜん》とする。倫理《りんり》観がない。

「雑魚《ざこ》は死ね。弱者は死ね。俺たちに奪われて犯されて殺されろ。そおれえがあ……今の世の中だろうがああ!!」

ゲラゲラと下品な笑い声を上げるグラシアノ。それに呼応《こおう》するように、彼と共にやってきた尖兵たちも笑う。

自分たちは強いから、弱い者から何を奪ってもいいのだ。それは、命も含まれる。

そんなバカげたことを、本気で信じてあまつさえ実行に移しているのが、グラシアノたちだった。

「まあ、こんな感じでやってろよお。お前もあんまり役立たずだと、処分されるかもしれねえしなあ!」

「は、はい……」

ビクッと身体を震わせるカリーナ。

処分……すなわち、精霊の手先でなくなり、あれの庇護を受けられなくなること。そうなれば、グラシアノたちは自分にも牙《きば》を向けるだろう。あの日のように。

それが、何よりも恐ろしかった。

「よおし、じゃあ帰るとするかあ！　今回は別に人を殺しに来たわけじゃねえしなあ」

そのグラシアノの言葉に、耳を澄《す》ませていた村人たちはホッとする。だが、トーマスは眉を顰めていた。

　そんな馬鹿な。尖兵たちが、たった一人殺したくらいで満足するのか？　あの日、何の罪も理由もないのに、村を焼いて多くの人を殺し、犯した尖兵が。

　……そして、そのトーマスの悪い予感は、的中してしまった。

「……こいつ、持って帰るかあ！」

「きゃっ!?」

「なっ!?」

　チラリとこちらを見たグラシアノがズンズンと近づいてくると、ぬっと太い腕を伸ばしてきた。その腕が掴んだのは、トーマスのすぐ隣にいたリーリヤだった。

「えっ、えっ……？」

「よおお！　まだこんな見た目良い奴が残ってたんだなあ！　村も馬鹿にできねえわ！　あははははは!!」

　何が起きているのか、まだ飲み込むことができていないリーリヤ。そんな彼女をグイグイと引っ立てていくグラシアノ。舐めまわすようにリーリヤの身体を見ると、だらしなく頬を緩めていた。

（やっぱりだ……！　やっぱり、あいつらがこの程度で帰って行くことなんてあり得ないんだ！）

　グッと歯を噛《か》みしめるトーマス。そんな彼はそのままに、状況は変わっていく。

「おら、行くぞお！　尖兵様に選ばれて嬉《うれ》しいだろお!?」

「い、いや……っ」

ニマニマと笑うグラシアノに、リーリヤが発した言葉は反射的なものだったのだろう。相手が精霊の尖兵であることを忘れ、無理やり引っ立てられて痛みも感じていた彼女が、本能的に発した言葉だった。

短い言葉だ。リーリヤも意図を込めて発した言葉ではない。だが、それはグラシアノを刺激するには十分すぎるものだった。

「…………あ？」

ズッと殺意をみなぎらせて、彼はリーリヤを見た。その殺意に溢《あふ》れる目を見て、彼女は身動きが取れなくなる。蛇《へび》に睨《にら》まれた蛙《かえる》のように、恐怖で硬直する。

「は？　嫌？　尖兵に選ばれて、嫌あああ？」

猫なで声を発するグラシアノ。優しくて、甘くて、気持ちの悪い声。

「舐めてんのかクソアマああああああああああ!!」

それが、一気に爆発した。

ダン！　と地面を踏みつければ、小さく亀裂《きれつ》が入る。遠くから見ていた村人たちが悲鳴を上げて逃げ惑うのだから、至近《しきん》距離でそれを見せられたリーリヤの恐怖は計り知れない。

誰も、助けることはできない。大人の男も、いじめっ子の少年たちも、幼馴染みのトーマスも。誰しも尖兵の怒りを向けられたくないからだ。

「あ、あの！　そいつは身体もやせ細ってるし、グラシアノ様を楽しませることはできないと

「……！」

それでも動いたのは、カリーナだった。大量の汗を流し、媚びた笑みを浮かべながらも、グラシアノからリーリヤを解放しようと奮闘する。

カリーナにとってリーリヤは昔からよくしてもらった幼馴染みのお姉さんなのだ。そんな彼女を、悪魔のような尖兵から救い出したかった。しかし……。

「なあああ、カリーナあああ……俺の邪魔をするのかあああ？」

「ひっ……！」

ガクガクと身体を震わせるカリーナ。

過去のトラウマがよみがえる。尖兵たちに連れて行かれた先で行われた、死よりも辛いこと。全身にあざができるほどボコボコに殴られ、蹴られ、踏みつけられ。何度も犯され、地獄のような苦しみを味わい。地べたを這いずって悲鳴を上げながら泣き続ける自分を、大の男たちが囲んで大笑いしていて……。

「また昔みてえに、可愛がってやってもいいんだぜええ？　せっかくあれから解放されたのに……戻りてえのかあああ？」

その言葉は、カリーナの心をぽっきりとへし折ってしまった。

「い、嫌ああああああ！　ごめんなさいごめんなさいごめんなさい！　許してください許してください許して許して許してゆるしてゆるして……」

「そおれでえいいんだよお！　尖兵様にはひれ伏せ！　邪魔をするな！　精霊様に逆らうこと

になるんだからなあああ!!」

　ガクガクと震えながら地面に崩れ落ち、暗い目から大量の涙をこぼしながらうわ言のように謝罪を続けるカリーナ。そんな彼女を見て、グラシアノは大層満足したように笑った。

「これは常識だと思ってたんだがあ、まさかまだこれほど反抗的なやつがいるとはなああ！多少痛めつけてから持って帰るかあああ!!」

「あっ、うぁっ!?」

　リーリヤを地面に倒し、軽く何度か平手打ちする。

　本気ではやらない。太くて大きな鍛《きた》えられたグラシアノの手でそんなことをすれば、か弱いリーリヤなんてあっさりと命を落としてしまうだろう。

　だから、手加減をする。一番痛みと恐怖を理解しやすい力で、彼女を叩く。

　手加減していても、リーリヤにとっては非常に強い力だ。身体は打たれる方向に持っていかれるし、叩かれた場所は腫《は》れ上がり鼻血も噴き出す。

　一方的に男が女を痛めつける、凄惨《せいさん》な状況。多少なりとも正義感を持っている者がいれば、制止の声をかけるか、それをしなくても憤《いきどお》りは感じるだろう。

　だが、それを遠巻きに眺めているだけの村人たちには、そんなことは一切なかった。声もかけない。それどころか、憤りすらなかった。

　――――よかった。自分じゃなくて。

　彼らの総意はそれだった。

「ほらよおおおおおお!!」

「いやあああああああああああああああああああ!!」

ビリビリと粗末な衣服が軽々と破られる。商品としては売ることができないほど雑な造《つく》りであったのと、グラシアノの力があってこそできたことだ。

リーリヤの肌がさらされる。悲鳴を上げて身体を隠そうとするが、腕から溢れる豊満な果実はグラシアノを欲情させるだけだった。

「誰かっ……誰か助けてえええええええええええええ!!」

悲痛なリーリヤの叫び。助けを求め、周りから遠巻きに眺める村人たちに視線を送る。

だが、視線が合いそうになった者は皆、スッと目を逸《そ》らした。ばつが悪そうでもなく、まったくの無表情で。

助けられないことに罪悪感を抱いている者なんていなかった。むしろ、こちらに目を向けるなと、リーリヤに対して怒りの感情を抱いている者すらいた。

そんな村人たちの反応に、心の底から絶望した彼女は顔色を蒼白《そうはく》に変える。

「助けるわけねええええだろうがあああああああ!! 誰もお前なんか助けてくれねえよおおおおおおお!! だって、自分が一番大切なんだもんなあああああああああああ!!」

グラシアノはリーリヤを嬲《なぶ》るように、わざと大きな声ではっきりと告げてやった。

助けが来ないということを自覚させ、絶望させたかった。それは、彼の思い通りに進んだ。

目を見開き、涙を流すリーリヤ。その目に光はなく、ひたすら闇のような暗い世界が広がっていた。それを見て、嗜虐心を満たされたグラシアノは、さらに高笑いする。

「ぎゃはははははははは!!」

「いやあああああああああああああああああ!!」

悲鳴を上げて逃げようとするリーリヤを押し倒し、両腕を上で固定する。豊かな胸を遮《さえぎ》るものがなくなり、グラシアノは舌《した》なめずりをする。

凄惨なことがこれから行われようとしているが、誰も助けない。誰も動かない。だから、弱いリーリヤは強いグラシアノに奪われ、犯され、殺されるのだ。

「あ……?」

グラシアノの手が止まったのは、彼の身体に軽く衝撃があったからである。何が当たったのかを見れば、本当に小さな石ころだ。コロコロと地面を転がる石の音がやけに大きく聞こえるほど、周りは静けさに支配されていた。

当たった方向から、グラシアノはバカげたことをしでかした犯人を見る。そんな彼の目に促《うなが》されるように、周りで見ていた村人たちや尖兵も彼を見る。トラウマを刺激されて泣きじゃくっていたカリーナも、今まさに暴行を加えられようとしていたリーリヤも。

皆、彼を見た。

「いい加減にしろよ……!　お前も……俺も……!!」

何もしなかった、そして今もなお何もしようとしない自分を変えようと、恐怖に震えながらも尖兵に刃向《はむ》かった、弱々しいトーマスを。

「おい、おいおいおいおいおい。何してくれてんだあ、テメエ？」

ギロリとグラシアノの血走った目がトーマスを捉《とら》える。それだけで身体が震え出し、今すぐに背を向けて逃げ出したくなる。

だが、そうしたらリーリヤはどうなる？

あの日のカリーナのように連れ攫《さら》われて、拷問を受けて、性暴力を受けるに違いない。あの時の繰り返しは、絶対にしたくない。

その想いだけで、トーマスは精霊の尖兵と向き合った。

「何か一人で舞い上がっているようだけどさあ、テメエ自分がやったこと分かってんのかああ？」

グラシアノはリーリヤから離れて、トーマスに一歩一歩近づいていく。

これで、彼女をひとまず危険から引き離すことができた。その危険が自分に向かってきているることは、決して良いことだとは思えなかったが。

「こんなの攻撃とも言えねえしょっぼい行為だ。だけどなあ、俺の……精霊の尖兵の邪魔をしたっていう事実はあるんだぞおお？」

グラシアノは自分にぶつけられた小さな石を手のひらに入れると、ゴシャッと握りつぶしてしまった。

いくら小さいとはいえ、石を握りつぶすなんてトーマスにはできないことだ。力の差をまざまざと見せつけられて、顔を青ざめさせる。

「もう一回聞くぞお。……何してくれてんだ、テメエ」

至近距離で相対《あいたい》すると、グラシアノの巨大さがさらにはっきりと分かった。

大きな背丈《せたけ》に分厚い筋肉の身体。鍛えられているということもあるだろうが、トーマスとは食糧事情《しょくりょう》が違っていた。倒れる間際《まぎわ》まで働かされながらろくな食事をとれないトーマスと、食べたいものを好きなだけ奪って食べていたグラシアノ。二人の違いは明白であり、肉弾戦だと手も足も出ずに殺されるだろう。

「り、リーリヤから、離れろ……！」

それでも、トーマスは尖兵にそう言った。ガクガクと小鹿《こじか》のように脚を震わせながらも、誰の耳にも届くようにはっきりと。

「ぶっ、ぎゃははははははははは!!　声が震えてんじゃねえかあああ!!」

グラシアノは大笑いする。そして、チラリとリーリヤの方を見た。

「こいつ、テメエの女かあ？　まあ、俺に逆らった勇気だけは褒《ほ》めてやるよおお。だがなあ、俺がお前の言うことを聞く理由がどこにあると思う？　そんなもん、ねえんだよなあ！」

その通りだ。何をしても許されている尖兵に、ただの村人が命令をするなんてもってのほか。尖兵であるグラシアノが言うことを聞く理由なんてどこにもなかった。

「そもそも、テメエみてえな雑魚が俺をどうこうできるとでも思ってんのか？　今の時代は弱肉強食、力がないと生きていけねえし、意見も通らねえ。そんなことも分かってなかったのかあ？」

「分かっている……分かっているさ。俺はお前なんかと戦えない。簡単に殺されるのがオチだ。でも……」

間近《まぢか》で凄《すご》まれても、トーマスは彼をキッと睨みつけた。腹に力を入れて、決して引かないようにして。

「でも、あの時みたいに何もせず、何かを奪われるのは御免だ……!!」

「お、にいちゃん……」

それは、トーマスが過去と向き合おうとした瞬間であった。

普段の兄とは思えないほどの輝きを放つ彼に、震えて泣いていたカリーナは顔を上げる。あれは……昔、大好きだった優しくて正義感のある兄の姿だった。

「だから、これは俺の勝手な意見だ。あんたが受け入れるかどうかは勝手に決めていい。だけど、少しだけ聞いてほしい」

トーマスだって、過去と向き合ったからといっていきなり尖兵とまともに殴り合えるなんて思っていない。むしろ、そんな戦闘になったとしたら、戦いとも言えないほどあっけなく殺されるだろう。

だから、これは賭《か》けだ。グラシアノが乗ってくれるかはわからない。いや、乗らないで殺される可能性の方が高いだろう。

だが、それでも……何もしないでリーリヤを連れて行かれるよりは、何倍もマシだった。

「俺のことを、十発殴ってくれていい。もし、それを受けて俺が立っていられたら、リーリヤを見逃してくれないか？」

トーマスの言葉にぎょっとしたのは、それを聞いていた全ての人だった。村人も、カリーナも、そして当事者であるリーリヤとグラシアノも、皆驚いた。

あまりにも無謀《むぼう》で突飛《とっぴ》な提案だったからである。

「だ、ダメだよ！　私なら大丈夫だから……！」

「ぎゃはははははは!!　お前みてえなひょろい奴が、俺の拳《こぶし》を十発耐えるうう？　できるわけねえだろうがああ！　一発でお陀仏《だぶつ》だろうよ！」

リーリヤの思いやりに満ちた綺麗な言葉を、グラシアノは汚い言葉でかき消す。

明らかに舐めている。だが、これが普通の反応だ。

「……じゃあ、やらないのか？」

「そりゃそうだろ。俺にメリットなんてないしなあ。……って言いたいところだが、いいぜ。テメエの言うことに乗ってやってもおお」

チラリとリーリヤとカリーナを見るグラシアノ。二人とも、トーマスのことを心配して顔を歪めている。自分たちよりも、彼のことを思いやって……。

そして、トーマスもまた自分を差し置いて彼女たちのために立ち上がったのである。絶対に勝てないことを分かっていて、死の恐怖に震えながらも……。

グラシアノは歪《いびつ》に口の端を跳《は》ねあげる。

「そっちの方がああ、面白《おもしろ》そうだからなあああああ!!」

心配そうな彼女たちの顔を、トーマスを痛めつけることによってさらに歪ませることができたら、どんなに爽快《そうかい》だろうか。痛快だろうか。

グラシアノは大きな拳を握り、太い腕を持ち上げる。

「さあ、覚悟はいいかあ？　あれだけ啖呵《たんか》をきったんだあ……一発で終わってくれるなよおお!!」

ブン！　と振り下ろされる拳。トーマスはグッと歯を食いしばり、腹に力を入れ、少しでも動かないように脚に力を入れる。

「――――――ぁっ」

ガツンと頭を横殴りにされた。その瞬間、トーマスはぐわんと身体を大きく揺らされ、地面に座り込んでいた。

耐えることすら、できなかった。

自然な流れだった。殴られ、倒れる。力を入れて踏ん張ろうと思っていたが、そんなことができる暇《いとま》すらなかった。

力の差が、圧倒的だった。

「ぎゃはははははは！　たった一発で終わりかよおお!?　なっさけねえなああ！」

大笑いするグラシアノの声が、やけに遠くから聞こえてくる。

生温《なま》かな液体が頬を伝うのが分かった。おそらく、殴られた頭部の皮膚が切れて血が出てきているのだろう。

自分の吐く短く速い息が、やけに頭に響く。確かに、この一発だけでも大きすぎるダメージだ。意識を失わなかっただけでも奇跡かもしれない。これ以上同じような攻撃を受けたら、本当に死んでしまうかもしれない。

しかし……しっかりと耳に届いてくるリーリヤとカリーナの声を聞けば、立ち上がらないわけにはいかなかった。

「はぁ、はぁ……！」

「お？」

ガクガクと脚を震わせながらも、ゆっくりと立ち上がるトーマス。それを見て、目を丸くするグラシアノ。

「あと……九発だ……！」

「ほおおおお！　いいぞお！　あれだけで終わっていたら、つまらねえからなあぁ!!」

大笑いすると、再びグラシアノは拳を握って振るった。

今度は、下から掬《すく》い上げるようなアッパーカット。それが、無防備で細いトーマスの腹部に突き刺さるのであった。

「うっ、げええええええ……っ!!」

ドン！　と身体が浮き上がるほどの衝撃をもろに受けて、トーマスは口から大量の吐瀉物《としゃぶつ》を撒《ま》き散らす。

もともと食事もろくにとれていないので、吐くのはほとんど胃液である。それに赤い血も混じっていた。ツンとした匂いが辺りに広がる。

「あど……はっばづ……！」

口元と衣服の胸元を汚し、涙を浮かべながら、それでもトーマスはグラシアノの前に立った。

その力を実際に受けて、恐怖は何倍にも膨れ上がっている。殺されるという明白な恐怖がある。

だが、それでも……リーリヤとカリーナのために、彼は向かい合った。

「ぎゃはははははは!!　根性あるじゃねえかあああ!!」

心底《しんそこ》楽しそうに笑うグラシアノから、まるで嵐のように拳が飛んでくる。

三発目、四発目。

上から、左右から、下から。そのたびに、吊《つ》るされたサンドバッグのように揺らされるトーマスの細い身体。

五発目、六発目。

血が噴き出し、涙や鼻水もみっともなくこぼれる。

七発目、八発目。

殴られた場所はすぐに腫れ上がり、痛々しい青あざになる。

九発目。

それでも、トーマスは倒れなかった。ただ、リーリヤとカリーナのために。

「……おいおい。まさか、本当にここまでやれるとはなぁ……」

　グラシアノの表情には、もはや嘲《あざけ》りの色はなかった。

　ひたすらに、驚嘆《きょうたん》。鍛えたこともなく、食事もままならない弱々しい雑魚が、誰かを思いやって、誰かのためだけに自分と相対し続けているのだ。これは、グラシアノにとっても初めての経験だった。

「ヒュー……ヒュー……」

　トーマスは半分以上意識が飛んでいた。

　顔面が腫れ上がって目はほとんど開いていないし、頬なども痛々しく膨れている。血や涙、鼻水といった体液を大量にこぼしており、見栄《みば》えはすこぶる悪い。

　彼を見下しているほとんどの村人たちは、そんな彼の姿を見てせせら笑う。自分より下を見て笑い、それで鬱屈《うっくつ》とした生活を耐え忍ぼうとしているのだ。

　泣いているのは、リーリヤとカリーナ……そして、彼をいじめていた同年代の少年たちだけだった。

「最後の一発だあ……。覚悟はいいなあ?」

　トーマスはそれに答えなかった。だが、目はまだ死んでいなかった。それを見たグラシアノは、固く握りしめた拳を振り上げ……。

「────────」

　トーマスの顔面に叩き込んだのであった。血を噴き出し、そして地面に倒れる。

　そう、倒れてしまった。これで、賭けの勝敗が決まった。グラシアノの勝ちで、トーマスの負け。

……そして、リーリヤは尖兵に連れ攫われるということになる。

「流石っすね、グラシアノさん！　ほんじゃ、こいつ連れていきましょうか」

彼の仲間である尖兵が、リーリヤを引っ立ててくる。しかし、今の彼女は自身の将来を悲観して叫ぶことはなく、その目はただ倒れ伏すトーマスに向けられていた。そんな彼女を見ながら、グラシアノは少し考えるように間《ま》を置くと……。

「あー……いやあ、そいつは置いてってやれや」

「えっ？　いいんすか？　グラシアノさんが勝ったのに……」

目を丸くする尖兵。

まさか、グラシアノがそんなことを言うとは思わなかったのだ。

リーリヤは解放されると、すぐにトーマスの側《そば》に走り寄る。カリーナも普段の言動を忘れ、彼の側に寄り添っていた。

「いいんだよお、面白かったしなあ。まあ……それだけじゃあお前らは面白くねえんだろ？」

ニヤリと笑うグラシアノ。

「他の奴なら好きにしてもいいぞお。俺は満足したからいいけどお」

その言葉を聞いた尖兵たちもまた、顔を笑顔に変えるのであった。村人たちにとっては、死の笑顔である。

彼らは思い思いの人間に近づいていき……斬《き》り殺した。

「ぎゃああああああああああ!!」

「何でだよおおお!?　助けてくれええええええ!!」

「いやあああああああああ!!」

大恐慌。村人たちはいっせいに逃げ出す。だが、尖兵たちから逃げられるはずもない。

ニヤニヤと余裕の笑みを浮かべながら、彼らは村人たちを大した理由もなく斬り殺していく。

本当に理由はないのだ。ただ、暇《ひま》だったから。あるいは、グラシアノとトーマスのあれに当てられたこともあるかもしれない。ただ、村人たちはまったく自分たちが理解できない理由で殺されていくのであった。

村の粗末な建物には火がつけられる。それは、まさにあの日の再来だった。

意識を取り戻しながらも立ち上がることすらできない大ダメージを負っているトーマスは、この虐殺《ぎゃくさつ》をただ見ていることしかできなかった。

「グラシアノさん！　あいつは……カリーナは持って帰ってもいいんですか!?」

そんな時だった。尖兵の一人が、欲望にまみれた目でカリーナを見たのは。

「あー……いんじゃね？　あいつは別に賭けの中に入ってなかったし」

グラシアノも興味なさそうに返す。それを受けた尖兵は、舌なめずりをしながらカリーナに近づき、乱暴に腕を掴んで持ち上げた。

彼女にどのような未来が待っているか、簡単に想像できるだろう。

「ま、待て……！」

掠《かす》れる声を何とか発するトーマス。

だが、誰がそれを聞いてくれるだろうか。今にも死にかけている男の言葉なんて、少なくとも精霊の尖兵には聞く理由は一切なかった。

「……かっこよかったよ、お兄ちゃん」

涙を流しながら、あの日と同じように引きずられていくカリーナ。

ただ、あの日と違うのは、こちらを責めるような目を一切向けてこないことだった。うっすらと笑みを浮かべて……しかし、諦《あきら》めたような色を多分に含んでいた。

そんな顔を、兄である自分がさせていいのか？

いや、いいはずがない！

「ぐっ……！　神様がいるんだったら……助けてくれよ……！　四大神でも、人に優しい女神でも……破壊神でも……!!」

だが、トーマスは起き上がることすらままならない。グラシアノから受けたダメージが、大きすぎた。

常人《じょうじん》なら死んでいてもおかしくない。トーマスが生きていることが不思議なくらいなのだ。

「たす、けて……神様……」

だから、彼は目の前のぼやけて見える脚にしがみつき、そう懇願《こんがん》することしかできなかった。

誰かなんてわからない。村人の一人かもしれない。もしかしたら、尖兵の一人かもしれない。

だが、彼は妹のため、そう懇願した。

ふと「神様」と口から出たのは、リーリヤと神について話をしたからだろうか？

信じていないものにすがるほど、彼は弱っていた。

「えぇ……なにこれぇ……？」

そして、その願いを押しつけられた破壊神は、酷く困惑するのであった。

◆

凄い。

我が破壊しに来たはずなのに、先に破壊されているんだけど。こんなの初めて。

『山賊《さんぞく》かしら？　千年前は基本的にあなたvs.世界だったから、こんなことなかったものね』

ね。

しかも、この我の脚にしがみついてくる血だらけの今にも死にそうな人間。

いや、助けてって……我、破壊神ぞ？　助けてって懇願するなら、四大神の方では？　まさか、破壊神に助けを求めてくる人間がいるとは……世も末である。

しかし、うーん……やはり、我が人や魔族を助ける神ではないためか、こういって懇願されてもまったくやる気が出ない。あの女神だったら嬉々《きき》としてやる気を出して助けていたのだろうが……我、むしろ正反対の立ち位置だから。助けを求めざるを得ないような元凶を作りだしちゃう側だから。

「あ？　なんだああ、テメエ。村人……ってわけじゃあねえみてえだなああ？」

ギロリとこちらに目を向ける、一際《ひときわ》背が大きく立派《りっぱ》な筋肉をした男。こいつが今、村を焼いている連中のリーダーだろうか？

しかし、なかなか見る目があるようだ。我を村人と間違えなかったことは褒めてやろう。

「ふっ、当然だ。我をそこらにいる連中と一緒にされては困る」

バサッと手を大きく広げる我！　一気に注目を集めることに成功する。

村人たちを殺していた連中も、逃げ惑っていた村人たちも、皆我に夢中！

超、気持ちいい！

「我は破壊神！　貴様らに暗黒と混沌を齎しに来た者だ！」

『おー、格好《かっこう》いいわよー』

ヴィルの言葉が心地いい。

……やけに投げやりな感じだったが、まあいいだろう。

我のこの勇姿に、皆愕然としている。

ふっ……恐怖のあまり声も出ないか。それも仕方のないことだ。我は破壊神。世界を破壊し、破滅させる、最恐最悪の神である。人間たちが怯え、おののき、震えるのは当然のことと言えるだろう。

「破壊神、様……？」

「あのおとぎ話の？　そんな……」

愕然としつつ、会話とも言えないような言葉が聞こえてくる。

ふっ……いいぞ、いいぞ。こんな感じ、我大好き。

「で、でも、精霊の尖兵に暗黒と混沌を齎しに来たってことは……私たちを助けに来てくれたの!?」

いや、違う。そうじゃない。誰だ、勝手に我を希望の星にしているのは。

おい、止《や》めろ。「おぉっ」じゃない。我、破壊神ぞ？　何度言えば分かる。別にその尖兵とやらにだけ言ったわけじゃないからね。お前たちにも言っているからね。世界を征服するんだから、当然お前たちも征服するんだからね？

「ぶっ……ぎゃはははははははははは!!　今日は面白いことばっか起きるじゃねえかあああ!!」

何やら大笑いして我を見る巨漢《きょかん》。

むっ、デカい。

「自分を神様だと思ってやがる異常者かあ!?　俺たちのお仲間にいじめられでもしたのかよお!?」

いや、さっき千年ぶりに外出てきたばかりだから、いじめられてなどいない。

『そう考えると、とんでもない引きこもり野郎ね。ヒッキーって呼んでもいいかしら？』

ダメ。

どうして呼んでもいいって言ってもらえると思ったの？　逆に聞くけど、お前のことチビって呼んでもいいの？

『殺すわよ』

そういうことである。

「俺たちを精霊様の尖兵だと知ってそんな生意気なこと言ってんのかあ⁉　俺たちに刃向かうってことは、すなわち精霊様に逆らうこと！　今の時代、この世界で精霊様に逆らって、まともに生きられるわけねえだろうが‼」

大男がそう言って笑う。それを聞いて、何だか勝手に我に希望を見出《みいだ》していた村人たちも、がっくりと肩を落とす。まるで、我がそれを聞いて何もしないで逃げると思っているかのようだった。

だから、我は大男にハッキリと言ってやった。

「知らん。精霊って誰だ」

「…………は？」

ポカンと我を見る大男。そいつの仲間の尖兵（？）とやらも、村人たちも……。

え？　なんだ、この空気？　常識を知らないみたいな感じ止めてくれる？　そりゃ、千年も封印されていたんだから、今の時代の常識なんて分かるわけないじゃん。

ヴィル、お前も知らないよな？

『知ッテルヨ』

嘘つけ！　片言だぞ！　我だけ除《の》け者にするな！

「はああ……本当にただのヤバいやつかよ。おい、さっさと殺しとけやあ。興味ねえからあ、お前らに任せるわ」

一気に我に興味をなくす大男。

え？　我、破壊神なのに？　めっちゃ無防備に背を向ける？　向けちゃう？

凄い……これがカルチャーショックというやつだろう。千年前、少なくとも我に背を向ける者なんていなかった。

いや、いたわ。やっぱり、我から逃げ惑う時は皆、背中を向けていたわ。ただ、それは逃げようとする意思があってのことであり、まったく我に無関心で背中を向けられたのは初めての経験かもしれない。

こいつ……もしや相当強いのか……！

『いや、それは違うと思う』

「へへへっ。まあ、グラシアノさんの言う通りだ」

ニヤニヤとしながら、剣を構えて我に近づいてくる尖兵。

だから、めっちゃ無防備。我ににじり寄ってくるとは何事？　隙だらけだし……。そのお腹に風穴開けちゃうよ？　いいの？

ポンポンと手を叩いている剣は、血に濡《ぬ》れていた。村人たちを切り捨てたものだろう。

それは、確かに力のない弱者には脅威《きょうい》だろうが、残念ながら我には大したものには見えない。

しかし、あの男はグラシアノというのか。覚えて……おかなくてもいいかな？

「死ねやあああああああ!!」

「あ、止めた方が……」

ダッと駆け寄ってくる尖兵。その目的は剣で我を斬るためだということが明白に伝わってくる。

だが、それは我ではなくやつにとって悪手である。一応止めようとするのだが……。

「今更《いまさら》遅ええよおおお!!」

我が命乞《いのちご》いをしたとでも思ったのか、やつはニマニマと嗜虐的な笑みを浮かべながら剣を振り下ろした。惨劇《さんげき》が再びと想像した村人たちは、皆絶望の表情を浮かべ……。

ガキン！　と音が鳴った。

それは、我が斬られた音でも防いだ音でもない。我は何もしていないし。ただ突っ立っていた我に、確かに尖兵の振り下ろした剣は当たった。

そして、砕けたのは尖兵の剣の方だった。それだけのことである。

「…………は？」

ポカンと口を開ける眼前の尖兵。

敵を目の前にして、その隙だらけな様子はいかがなものか。まあ、安心してほしい。我は反撃するつもりはない。

「もう、終わっているしな」

「なにを……」

言っているんだ、と続ける前に、尖兵の懐《ふところ》に小さな魔力の渦《うず》が発生する。それは轟々《ごうごう》と唸《うな》りを上げ、怪訝《けげん》そうにそれを見ている尖兵を差し置き……爆発した。

ドン！　と炸裂《さくれつ》し、尖兵の大きな身体を空中へと打ち上げる。そして、ぐしゃりと受け身もとれずに地面に叩きつけられた尖兵は、もう二度と起き上がることはなかった。

「これが、我の最初の破壊か。……何か勿体ない気がする」

何が起きたのかと皆が注目するなか、我はそう呟《つぶや》くのであった。

◆

格というものがある。身分というのも、格の一つだろう。

たとえば、人間で言うと、貴族や平民という身分を作っている。平民が貴族に気軽に話しかけることはできないだろう。

それは、格が違うからである。

「まあ、それと同じことだ。我とそいつでは、格が違った。だから、こうなった」

『攻撃無効化と自動反撃だっけ？　便利よねー』

ある程度力を持っていたら通用しないけどな。雑魚だけだ。

心の中で、そうヴィルに返す破壊神。

　これは、千年前のあの戦争の時に編み出したものだ。敵の数が尋常《じんじょう》じゃないくらい多く、流石に一人一人丁寧《ていねい》に殺すのも大変だったということもあった。膨大《ぼうだい》な数の攻撃を防ぐのも手間だったからというのも大きな理由の一つだ。

「ほら、攻撃を続けるがいい。貴様らの力試しにもなるぞ？　さあ、我から攻撃はしてやらんから、かかってこい」

　クイクイと、挑発するように手を動かす破壊神。その油断しきった笑顔は、強者が弱者に向けるもので……。

　間違いなく、つい先ほどまでは尖兵たちが浮かべていたそれである。

「おおおおおおっ!!」

　三人の尖兵が一斉《いっせい》に襲いかかった。

　上から、左右から。あの攻撃無効化と自動反撃は、一カ所に集中しなければ使えないという確信をもって。

　同時に三カ所への攻撃は、普通なら非常に有効である。武道を嗜《たしな》んだ達人《たつじん》でも、同時に三方向から武器を持った暴漢に襲われれば、決して容易に切り抜けることはできないだろう。

　また、武器も持っていない。武器というのは、持っているのと持っていないのでは大きく違いが出てしまう。どれほど肉体を鍛えていても、武器を持った素人《しろうと》に負けてしまうことだってあるのだ。

　だから、誰もが破壊神の死を覚悟して……。

「ぐっ!?」

ガキン！　と一斉に彼らが弾かれたのを見て、尖兵たちはまた目を見開く。

「残念。我に攻撃を当てられるほどの格は、貴様らにもなかったようだな」

さて、攻撃が無効化されたとなれば、自動反撃も当然付随《ふずい》する。彼らの懐に小さな魔力の渦ができて……爆発した。

ドン！　と身体が上下に千切《ちぎ》れて分かれてしまった者。丸焦《まるこ》げになって悲鳴も上げられずに地面に倒れた者。幸か不幸か、両腕が吹き飛んだだけで済み、自身の腕から飛び散った血を顔面に浴びながら悲鳴を上げる者。

三者三様の未来が生まれたのであった。

「お、俺たちに手を出してタダで済むと思ってんのか!?　せ、精霊様に……この世界の支配者に背《そむ》くのか!?」

「だから、精霊って誰だ」

震えながら怒声を上げる尖兵に、破壊神は眉を顰める。そして、ニヤリと笑った。

「そもそも、この世界は我のものだ。精霊とやらが今この世界を支配しているのであれば、再び我が征服してやる。破壊神様の、再征服だ」

「ひっ、ひいいいいいっ!!」

恐ろしい笑顔を見せつけられた尖兵は、背を向けて逃げ出した。

彼らは確かに精霊の尖兵であるが、もともとはこの世界に生きる普通の人間。恐怖を感じるのも当然だろう。

「ああ、そうだ。確か、千年前もそんな感じで逃げる者がいたな。まあ、我から言わせると、そんな力しかないのに我の前に立った方が悪いんだが」

そう呟くと、破壊神はその辺りに落ちていた石を拾い上げる。背中を向けて全力で逃げる尖兵目がけて……それを軽く投げつけた。

軽く投げたとは思えないほど唸りを上げて背中に迫り……ドッとその身体を貫《つらぬ》いた。胸に開いた穴を見て、地面にうつぶせに倒れる尖兵。

「せ、精霊の尖兵たちが……」

愕然とするカリーナ。

絶対強者であり、彼らは奪う側だった。その関係性と優位性は、未来永劫《えいごう》変わることのないものだったはずだ。

だが、この突然現れた男は……破壊神は、そんな彼らを弱者に追いやってしまうような、圧倒的強者であった。

「さて、最後は貴様だけだな。貴様も力試しをしてみるか？　こいつらのように死んでも、我は知らんが」

破壊神はそう言ってグラシアノを見た。

彼が最も強いということもあったが、もっと言えば消去法であった。もはや、彼以外に残っている精霊の尖兵は存在していない。

「ぎゃははは！　おいおい。尖兵に逆らうやつってだけでも面白いのに、尖兵を殺すだとおお!?　マジで最高に面白いじゃねえか、テメエええええ!!」

今まで、グラシアノは敵対されるということがなかった。刃向かわれるということがなかった。

それは、彼が巨漢で恐ろしい容貌《ようぼう》をしており、強大な力を持っているということもあるが、何よりもそれ以上に彼の後ろにいる精霊に逆らうことができないからである。

あまりにも強大な精霊に逆らえば、この世界では生きていくことができない。だから、今日トーマスが自分に逆らったことに驚いたし、喜んだ。

だが、それ以上にやってくれたのが、この破壊神である。

逆らうどころか、尖兵を殺したのだ。それは、すなわち精霊に対して宣戦布告をしたに等しい。

誰が見ても自殺行為。理性と常識があれば、誰もしないことだ。しかし、彼はそれをやってしまったのである。

「我に立ち向かうか？　逃げても構わんが……」

「さっきのあれを見て、背中見せて逃げようなんて思わねえよ」

それどころか、強気な上から目線。

精霊の尖兵に上から話をする者なんて、誰もいない。国の貴族ですら、気を遣《つか》ってくるというのに……。

グラシアノはその面白さに、目を輝かせる。

「それに……こんな面白いことから、背を見せて逃げるかよおおおおお!!」

「ほう、いいぞ。我に貴様の力、見せてみるといい！」

グラシアノは、トーマスを殴った時は手加減していた。本気で彼を殺そうと思って殴っていれば、間違いなく死んでいただろう。

だが、この男なら……破壊神を騙《かた》る男ならば、自分も本気を出すことができる。仲間の尖兵をあっけなく皆殺しにした力は、確かなものだろうから。

そう考え、彼は肘《ひじ》まで隠してしまえそうな手甲《てっこう》を装着した。鉄でできたそれでグラシアノの力をもって殴られれば、常人であれば一撃で命を落とすかもしれない。

（まあ、こいつ程度なら我の攻撃無効化と自動反撃を越えることはできないが）

それでも、破壊神の余裕は消えない。

なるほど、他の尖兵たちと比べればそれなりの力があるようだが、それでも自分には届かない。

ガキン！　とグラシアノは召喚した手甲を打ちあわせた。

「ふー……」

長く深い息を吐くグラシアノ。そして、キッと破壊神を睨みつけると、一気に駆け出した。

「いくぞおおお!!」

「ふん……」

その速度は、破壊神からすると欠伸《あくび》が出てしまうほど遅いものだった。少なくとも、千年前自分と接近戦をしようとする者の中で、彼のように遅い者は一人もいなかった。

だから、また彼は何もせずに、ボーっと突っ立っていたのだが。

「……ッ!?」

ゴウッとその手甲から光が溢れたのを見て、破壊神は顔色を変えた。

いや、手甲に魔法的な何かが施《ほどこ》されていたことは、それほど驚くことではない。魔剣に代表されるように、武器に何らかの魔法を施したものは数こそ多くないものの存在するし、千年前自分に向けられた武器の中にはそのようなものがたくさんあった。

問題は、そこから溢れ出している魔力が、とてもよく知っているものだったことである。

「ちっ」

舌打ちをしながら、破壊神は無防備な体勢を改め、バッと手を差し出した。彼の手のひらとグラシアノの手甲がぶつかり合う。それはギャリギャリと人間の手から発せられるようなものではない音を立てながら、しかし次第に光と音が収まっていく。

渾身《こんしん》の力で殴りつけたグラシアノであったが、破壊神はその場から一歩も動くことなく受け止めたのであった。

「……俺の本気を片手で受け止めるとかあ、やっぱ最高に面白いなああああああ!!」

バッと破壊神の側から飛びすさるグラシアノ。

常人であれば腕を破壊してさらにその奥にある顔面を打ち抜くことができていたのだが、それができない相手となると彼の楽しみは一気に膨れ上がった。

　一方で、受け止めた破壊神はまじまじと手のひらを見ていた。まるで、何かを確かめて確信を得たかのように。

「だがああ、どうやら俺は力を認められたようだなあああ。あいつらを殺したヘンテコな魔法、効《き》いてないみたいだぜえええ？」

　そう。グラシアノには、一定以下の格しか持たない者に発動する攻撃無効化と自動反撃が作動していない。つまり、彼の力は破壊神と相対するにあたってそれなりの格があると認められたことになるはずだ。

「……いや、貴様の力を認めたわけではない。図に乗るなよ」

「じゃあ、何で俺の攻撃を受けなかったんだ？　防いだんだああ？　言ってみろよおおおお!!」

　だが、それを破壊神自身が否定した。

　確かに、戦う前に彼が観察したグラシアノの実力は予想通りのものだった。彼にとっては戦うに値せず、勝手に反撃されて死ぬ弱者。低い格の持ち主。

　しかし、あの攻撃……魔法を噴き出しながら襲いかかってきた手甲を受けていれば、攻撃無効化を貫いてダメージを与えてきていたことだろう。

　それは、グラシアノそのものを危惧《きぐ》したのではない。破壊神の目は、その魔法を纏っている手甲に向けられていた。

「……それは、貴様の力じゃないだろう。我には見覚えのあるものだ」

「…………」

破壊神の脳裏《のうり》に思い浮かぶのは、千年前の光景。

自分の前に立ちはだかった、四大神。その中の一人が使っていた魔力と、その手甲が宿している魔力は非常によく似ていた。それでも、破壊神が少なからず驚いているのは、その神が決して尖兵のような者に力を貸すとは思えないほどのお人好《ひとよ》しだったからである。

「それは、あの女神の力だ。どうして貴様があいつの力を使っている？」

その言葉を受けたグラシアノは、ニヤリと口角を上げるのであった。

沈黙が流れる。グラシアノはもったいぶるように、破壊神を見やる。そして、ゆっくりと口を開く。

「さあなあ……。悪いがあ、お前が何を言っているのかさっぱりだあ」

「……そうか。まあ、まったく力を使いこなせていないようだし……何か変容しているしな」

破壊神はその女神の力が本来の彼女のそれとは少し異なっていることを感じ取っていた。神とは思えないほど利他《りた》主義で、人や魔族のために何かと力を尽くしていた女神。そんな彼女に当てられてか、魔力の質も柔らかく温かいものだった。

だが、グラシアノの持つ手甲から溢れ出ている彼女の魔力は、やけに無機質で冷たく感じる。

「これはあ、精霊様からもらったもんだ。よくわからねえが、丈夫で攻撃力もあるから使っているだけだ」

「千年も経っているからな。色々と変わったこともあるんだろう」

グラシアノとあの女神がつながっているわけではないということを確信する破壊神。

ただ、精霊とやらと何かあるのは間違いないだろう。人を虐《しいた》げているような連中と手を組むなんて、あの豊穣《ほうじょう》と慈愛《じあい》の女神がするとは思えないが、千年も時があれば変わってしまうこともあるかもしれない。

神だって、不変ではないからだ。

「そんなことはどうでもいいんだよなあああああ！　俺とお前は今、殺し合っているんだからよおおお！　楽しい楽しい殺し合いをよおお！　その女神とやらの力、テメエで試してやるよおおおおおお!!」

グラシアノは破壊神が自分を見ず、別の誰かを見通していることを悟り、苛立《いらだ》ちのままに攻撃を仕掛ける。接近戦では歯が立たないと、先ほどの攻撃で察した彼は、手甲に女神の魔力をほとばしらせる。それは次第に大きな塊《かたまり》となり、グラシアノが雄叫《おたけ》びと共にそれを突き出すと、巨大な魔力波となって撃ち放たれるのであった。

ガガガ！　と地面を削《けず》りながら破壊神へと迫る。

攻撃無効化を貫通する神の力。それは間違いなく破壊神にもダメージを通すことのできるもので、グラシアノは狂喜に顔を歪め……。

「ああ、もういい」

その希望の攻撃は、破壊神が軽く手を払っただけで打ち払われた。ベチンと、本当に軽く。

冗談を言う友人を軽くはたくような、そんな感じ。たったそれだけで、グラシアノの渾身の攻撃は……女神の力は弾かれた。

「…………は？」

ポカンとするグラシアノ。

いや、彼だけではない。トーマスも、リーリヤも、カリーナも、村人たちも。

自分たちであればあっけなく殺されていたであろう大迫力の攻撃を受けても平然としている破壊神のその力に、開いた口がふさがらなかった。

「最初の攻撃と今の攻撃ではっきりした。貴様はまったく女神の力を使いこなせていない。使いこなせていないということは、貴様の力にはなっていないということだ」

破壊神はつまらなさそうにグラシアノを見る。軽く攻撃を弾いた手を見て、何度か確かめるように握りしめる。その手には、大地を削るほどの威力《いりょく》の攻撃を弾いたというのに、一切傷がついていなかった。

「なるほど、確かに貴様は何も知らないようだな。となると、やはり問いたださねばわからんな。人を虐げている精霊に、豊穣の女神が与《くみ》している理由……ふはは！　面白い世の中になっているじゃないか！」

高らかに笑う破壊神。

千年ぶりに世界に出てみたら、興味深いことができてしまった。最終目的はこの世界を破壊しつくして征服することだが、その前にあの女神のことを調べてみよう。

直近の目標が見つかり、ご満悦《まんえつ》である。

「テメエえええええええ！　俺を無視してんじゃねえぞおおおお!!」

自分という存在がすでにいないようにふるまう破壊神に激怒したグラシアノは、怒りのままに襲いかかる。そして、あと少しでその顔面を殴りつけることができる距離まで近づき……。

「貴様はもういいと言っただろうが」

ドッ！　とグラシアノの腹部にカウンターが決まった。弾かれたようにギュンと吹き飛び、身体があり得ないほどどしなった後、彼の身体は空中で耐えきれずに自壊するのであった。

ぐちゃりと、空中で破裂して死んだグラシアノ。

こうして、精霊の尖兵たちは全滅せしめられることになったのであった。

たった一人の男に。千年ぶりに復活した、最悪の破壊神によって。

「……ね？　言ったでしょ？」

そう言ったのは、横たわるトーマスの側に寄り添っている、リーリヤであった。トーマスが見上げると、彼女は涙を浮かべながら笑みを浮かべていた。

「神様は、私たちを助けてくれるって」

◆

ふっ……破壊、完了。

『なあに格好つけちゃってんのよ。あいつら、クソ雑魚だったじゃん』

千年ぶりの戦闘だぞ？　足元をすくわれなくてよかった。明らかになまっていたはずだが……尖兵とやらには負けないらしい。それには一安心だ。この世界を再征服しなければならない身としては、今世界を支配しているらしい精霊とやらの下っ端風情《ふぜい》に負けるわけにはいかないからだ。

しかし……どうしてあの女神の力が精霊側にわたっているのか。少なくとも人に仇《あだ》なす連中に力を貸すような女ではなかったはずだが……。

なんだ。やってくれるのであれば、千年前も我の味方をしてくれたらよかったのに。なんで我と敵対したんだ、あいつ？

『まあ、千年も経っていたら人も神も変わるわよ。色々あったんでしょうねー』

そんなものか。

『というか、あんためっちゃ注目されているわよ。何か言った方がいいんじゃないかしら？』

ヴィルの言葉に従い、周りを見渡す。村人たち弱者が、我の一挙手一投足《いっきょしゅいっとうそく》を見逃すまいとガッツリ見てくる。

……これは、我の名乗りを上げる大チャンス！

我はバッと両腕を広げる。その大きく開いた腕は、この世界全てを征服するのだということを暗示させて。

「我は破壊神！　千年の眠りから復活した、暗黒と混沌を齎《もたら》す者である！」

ゴウッと我を中心に風が吹き荒れる。それと同時に、何故《なぜ》か空から光が差しこんできて、我を舞台の上に立っている役者のように照らす。

いいぞ！　天も我を味方している！

「この世界を支配しているのは精霊？　バカバカしい！　見ろ、その精霊の手先を！　我はこいつらを簡単に殺せる！」

村人たちは我をただただ見ることしかできない。

いい、いいぞ！　こういう感じのをしたかったのだ！

「怯えるがいい！　おののくがいい！　この世界は破壊神である我のものだ！　精霊？　そんなもの、我が殺してやる！　この世界を再征服する!!」

そして、高らかに名乗ろう!!

「我は破壊神である!!」

シンと静まり返る。

ああ……いい。こういうの、こういうのだよ。ひっさしぶりに畏敬《いけい》のまなざしを送られて、我超満足。千年ぶりに復活した甲斐《かい》があったというものだ。

さあ、村人たちよ！　背中を向けて、不様に逃げ惑うといい！　サービスだ。貴様らは殺さないでおいてやろう。

我はニマニマとしながら反応を見るためチラリと彼らを見やると……。

「……救世主だ」

ボソリと誰かが呟いた。

は？　救世主？　誰が？　もしかして、もう我の復活を知って村人たちを助けに来た者がいるのか？　それが、救世主か……。

ほほう。あの戦争で神や勇者、魔王とは戦ったが、救世主とやらは戦ったことがないな。楽しみである。

『現実逃避しててもダメでしょ』

おい、ヴィル。止めろ。言うな。

『これ、完全にあんたのこと言ってるじゃん』

止めろおおおおおお!!

「ありがとうございます、ありがとうございます！」

「救世主様だ！　精霊から我らを助けてくださる、救世主様だあ!!」

「破壊神様、万歳《ばんざい》！　万歳！　万歳!!」

わっと歓声が上がる。どれもこれも、我を怯えるどころか歓迎するようなものだ。

こいつら馬鹿なのか!?　今からここを破壊してやってもいいんだぞ!?

「ありがとう、ございました……破壊神様……！」

何でか我の脚に縋《すが》りついてきたあの男も、涙を流して感謝してくるし。

その反応を見て、我は……。

「ええ……？」

困惑することしかできなかった。

我、破壊神ぞ？

◆

「あらあらぁ？」

村の外から、その破壊神と尖兵の戦闘を覗《のぞ》き見している女がいた。ふわふわと空中に浮いている様子は、とても優雅で心地よさそうだった。

柔らかな風が吹くと、ボブカットの紫紺《しこん》の髪がゆらりと揺れる。穏《おだ》やかそうな整った顔立ちで、目も少し細めで垂《た》れており、優しい印象を与えている。衣服の上からでも分かるほど豊満な胸は、男の目を強く引きつけることだろう。

幸い、そんな彼女を見られる者は、ここには存在しなかったが。

「まさかまさか……あれが私の求めていた人かしらぁ？」

じーっと目を向ける女。その先には、村人たちに囲まれて額《ひたい》に青筋《あおすじ》を何本も浮かべているバイラヴァがいた。

かなり遠く離れた位置にいるのだが、魔法を使わずとも表情の差異まで分かる目を持っていた。女はハイスペックな身体を有している。

「うんうん、調べていた通りぃ、普通の存在ではないわねぇ。有象無象《うぞうむぞう》と違うということは分かるけれどぉ……それ以上でもそれ以下でもないのかしらぁ？」

彼女は、バイラヴァを強く求めていた。彼の信者たちを除けば、この世界で最も求めていたと言っても過言ではないだろう。

観察してみると、なるほど只者《ただもの》ではない。先ほどの戦闘を見ていても、そこらに掃いて捨てるほどいる有象無象とは違うということは分かる。

ただ、どこまで特別なのかということは、あまりよく分からなかった。我を忘れて突貫《とっかん》してしまいそうになるほど、強く引きつけられる……というわけではなかったからだ。

そのため、女が抱いた感情は、失望であった。

「あー……これならぁ、あの女神や勇者、魔王の方が強いんじゃないかしらぁ？　どうして、どいつもこいつもあの破壊神のことを言っていたのかしらぁ？　全然分からないわぁ」

女が破壊神に興味を持ったのは、口コミによるものだ。思い出せば、誰もかれもバイラヴァのことを言っていた。だから、興味を持っていたのだが……。

彼女らがひどく信頼していたことは分かるが、それに見合うだけの男なのだろうか？　そこは疑問であった。

それに、彼女らが持っていた信頼というのも、純粋に人を信じるというものではなく、色々とこじれた末のものだったような気もする。

「こんな存在、初めて見たかもぉ。強いか弱いかすら分からないなんてぇ」

現状、手放しでは喜べないが、面白そうなのは確かだ。自分でも量ることのできない存在が、この弱者しかいない世界にいるとは思わなかった。

「まあ、分からなかったら確かめればいいだけよねぇ。これで死んじゃったら、そこまでの存在だっていうことだしぃ。……私は時間を凄く無駄にしたことになるけどぉ」

かなり時間と労力と手間をかけて、破壊神を見つけた。その後も大変だったのだ。それが、まったくの無意味だったとなると、さすがに精神的にキツイものがあるが……。

彼女からすると、そうでないことを祈るしかない。退屈な自分を楽しませてくれ。

「さあ、期待を裏切らないでちょうだいねぇ？」

うっすらと微笑《ほほえ》む女。その退廃《たいはい》的な魅力に満ちた笑みは、見る者を恐怖させる。

彼女が作り出したのは、小さな魔力の塊。だが、小さいからと言って侮《あなど》ってはいけない。

それは、強固な身体を持つドラゴンでさえも、一撃で屠《ほふ》ることができるだけの力を秘めているからだ。

そんな人を簡単に殺し得る小さな魔力の塊を、破壊神に向けて撃ち出そうとして……。

「――――――ッ!?」

それよりも先に、その破壊神から彼女に向けて巨大な魔力弾が撃ち放たれたのであった。

ゴウッと一瞬で迫る剛球。とっさのことに逃げることも避けることもできなかった女は、まともにそれを受けて後ろへと吹き飛ばされたのであった。

ビュッと身体が飛ばされる。その衝撃は明らかに人が死ぬほどのものであり、ワイバーンすら一撃で仕留《しと》めることができるほどの破壊力を秘めたものだった。何度か地面をバウンドしながら、ようやく止まる女。

　彼女は生きていた。ポカンと今まで一度も浮かべたことのないような間《ま》の抜けた表情で、空を見上げていた。

　青い……じゃない。攻撃された？　自分よりも先に？　彼は自分の存在に気づいていたのか？

　気づいていて、自分が攻撃しようとしたから先制攻撃をしたと……。

「ふ、ふふ……うふふふふふふふふっ」

　彼女は笑い出した。ダメージの苦痛に顔を歪めるのではなく、はたまた怒りを見せるわけでもなく。楽しそうに、心の底から笑みを浮かべるのであった。

「凄い、凄いわぁ！　あの距離からぁ、私に見られていたことに気づいていたのねぇ！」

　すぐさま立ち上がる女。

　ダメージはほとんど負っていないようだった。だが、それでも攻撃は通っていた。そのことにも、嬉々として喜ぶ。

「面白いわぁ。ああ、面白い。こんなにドキドキしたのぉ、この世界に侵攻してきて以来よぉ！」

　豊満な胸を上から押さえつける。小さな手ではとてもじゃないが覆《おお》いきれないので、卑猥《ひわい》に歪んでこぼれそうになっている。

　だが、そんなこと気にならなかった。

彼女が思い出すのは、この世界に侵攻した時のこと。自分たちを迎え撃ち戦った、あの女神。楽しかったなぁ……。

「……この辺りにいるのはぁ、ヴェニアミンだったかしらぁ？　あいつとどうぶつかるのかぁ、楽しみねぇ」

この地域を支配している精霊のことを思い浮かべる女。

尖兵はまだしも、精霊となればあの男の勝機も薄いかもしれないが……できれば、彼に勝ってもらいたいものだ。一応同族と言えるヴェニアミンだが、彼女からすると面白い方が優先である。

「おーっと、お嬢ちゃん。とんでもない格好してんな。ちょっと有り金全部差し出して俺たちと楽しまねえか？」

そんな女の周りを囲むようにして現れたのは、盗賊《とうぞく》だった。

彼らは尖兵とは一切関係のない暴漢《ぼうかん》である。ヴェニアミンは別に治安向上などを推《お》し進めているわけではないため、尖兵から逃れてこのように落ちぶれてしまった者もいる。

ニヤニヤと、女の色気のある肢体《したい》を舐めるように見る男たち。そんな彼らに、女はぶるっと身体を震わせた。そして、色っぽい流し目を送るので、盗賊たちの中には思わず頬を赤らめる者まで現れる。

「はぁぁ……。とりあえずぅ、この昂《たかぶ》った気持ちをあなたたちで発散するわぁ。付き合ってねぇ」

ペロリと赤い舌で唇《くちびる》を舐める女。その強烈な魅力に、男たちは思わず喉《のど》を鳴らす。

しかし、その直後、この場は彼らの死体と血に染まった凄惨な場所へと変わり果ててしまったのであった。

それを作り上げた彼女の名前はヴェロニカ。精霊である。

◆

『ちょっと。いきなり何で攻撃してんのよ』

「いや、舐めまわされるように見られたら、我も気持ち悪いし……」

一方、そんなヤバめな精霊に目をつけられた破壊神は、のんきに妖精と話をしていたのであった。

◆

「さて、どうするか……」

我は村人に招待された家の中で、そう呟いた。

村で一番立派な建物らしいが……うん、何も言うまい。

外ではどんちゃん騒ぎだ。そんなに尖兵に支配されていたのが嫌だったのだろうか？

我もその中に連れ込まれかけたのだが、流石に拒絶した。

我、そういうフワフワしたの、あんまり好きじゃないし。あと、歓迎され好意的に見られるというのが気持ち悪くて仕方ない。我を見たらこう……顔に恐怖の表情を張り付けて絶望してくれた方が嬉しいしウキウキする。

「適当に辺りを破壊しないの？」

そう言うのは、我の中から出てきたヴィルである。小さな身体で大きな酒瓶《さかびん》をラッパ飲みしている。これが妖精……？

しかも、提案してくる内容が非常にバイオレンス。いや、妖精って確かに悪戯《いたずら》好きだけど、それ限度越えているだろ。

「いや、それはちょっと風情に欠けるというか……。ほら、我としては目の前に立ちはだかれてなんぼというものだし……」

「……あんたが本気でなりふり構わずこの世界を破壊して征服しようとしたら、多分できるのに。勿体ないわねぇ……」

世界征服したら大陸一つくらいちょうだいよ、と笑うヴィル。邪悪だ……。そもそも、ちゃんと政治とかする気ないだろ。我もないけど。

まあ、確かに？　ヴィルの言う通り、破壊だけだったら簡単にすることができるだろう。いきなり王都などの諸国の中心人物がいる場所に現れて、その一帯を破壊しまくれば、おそらく我のことをまともに迎撃《げいげき》できる者はいないだろうし。

ただなぁ……なんか、そういうのではないんだよなぁ……。こう……世界を征服しようとする我と、それを食い止めようとする世界の英雄たち。その間で繰り広げられる世界の命運をかけた激闘！

こういうのが好き。

「めんどくさっ」

「あの……失礼します」

我を見て露骨《ろこつ》に嫌そうに顔を歪めたヴィル。

ガチャリと扉が開いた瞬間、その姿は黒い光となって再び我の中に飛び込んできた。相変わらず人見知りである。

『ひ、人見知りちゃうわ！』

じゃあ、出て来いよ。

…………無視である。

「ん？　ああ、確か……」

チラリと入ってきた者を見れば、死にかけていながら我の脚に縋りついてきた男に寄り添っていた黒髪の少女だった。

「カリーナです。私の兄を助けてくださって、ありがとうございました！　今は包帯でグルグル巻きになっていますが、何とか命は助かりました」

そっか。まあ、良かったんじゃない？　それよりも、だ。

はぁ……こいつも勘違《かんちが》いか。我が人を助けるために戦うなんてあるわけがないだろうが。

「いや、別に助けたつもりないから。我、破壊神だから。いつかお前たちも破壊して征服するからな」

「はい！　救世主様！」

こいつ、何も分かってねえ。

ニッコニコの笑顔を披露《ひろう》してくる……カリーナ、だっけ？　ぶっちゃけ、人の名前とかいちいち覚えてられん。

「それで、食事を持ってきたんですけど……」

そう言って彼女が差し出してきたのは、簡素な皿に載《の》せられたいくつかの種類の料理だった。

ああ、外ではしゃいで祭りをしているのだったか。

「いらん。我、基本的に食事必要じゃないし。貴様らで食べろ」

「あ、あたしたちに分け与えてくれるなんて……！　何も受け取らないで施しを与えてくれるってことは、本当に救世主様なのね……」

止めろ。

『救・世・主・様☆』

遊ぶな。

「今、石大工の親父《おやじ》が救世主様の立派な石像を立てるって言っていました！　少々お待ちください！」

「止めろ」

　ニコニコと笑いながらなんてこと言っているんだ、この小娘。我の石像？　……うっ、頭が。

『昔のあいつらを思い出すわねぇ……。あいつらもあんたを気持ち悪いくらい慕っていたし……』

　トラウマだ。止めろ。

　からかうように笑うヴィルだが、嫌なことを想いださせてくれるな。

　我は敵視され、殺意を向けられ、非難される方がいい。それが破壊神らしいし。逆に受け入れられる方が、なんというかこう……気持ちが悪い。

「でも、何かお返ししないとあたしたちの気が……」

「じゃあ、精霊とやらのことを教えてくれ。我にはさっぱりだ」

　あまり精霊とやらには興味がないのだが、石像建立《こんりゅう》阻止《そし》のためには致し方ない。別にこの世界を今誰が支配していようが、再征服するしな。

　誰が相手でも関係ない。破壊するだけだ。

『私もさっぱりよ』

　貴様……！　あの時知っていると言ったじゃないか……！

「あたしも全部分かっているわけじゃないんですけど、それでよかったらいくらでも」

　そう言って、カリーナは話し始めた。何やら精霊側に一時ついていたことがあったため、他の人よりは詳《くわ》しいらしい。

……ああ。だから、今あのどんちゃん騒ぎに入っていけないわけか。まあ、そこはどうでもいいか。

我はそんなことを考えながら、カリーナの説明を聞いた。

精霊とは、数百年前に別の世界からこの世界に侵攻してきた、異質な存在である。その力は強大であり、騎士団や魔族はもちろんのこと、勇者や魔王でも勝つことはできなかったらしい。

「…………」

……これがにわかには信じがたい。

勇者や魔王と直接戦った我だからこそ感じることだが、あれだけ強かった二人でも敵わないとなると、精霊は化け物ではないか？　いや、まあ我も勝ったけどね？　精霊よりも強いけどね？

『でも、千年前の時は割とダメージ受けていたわよねー』

うるさい。……いや、そうか。数百年前に精霊の侵攻が開始されて、我が封印されてからは千年である。

つまり、我の封印後数百年経ってから精霊は侵攻してきたのだろう。となると、精霊の侵攻に立ち向かった二人と、我と戦った二人は別人の可能性がある。魔王は分からないが、少なくとも勇者は人間だったから、寿命《じゅみょう》というものがあるだろうし。

さて、続きだ。

勇者と魔王でも倒すことのできなかった精霊たちを迎え撃ったのが、四大神らしい。そして、その四大神でも抑えきることができず、この世界は精霊に支配されるようになった。

『……あいつらが負けるって相当じゃない？』

相当だよな。我は一人であいつら倒せるけど。

『めっちゃ頑《かたく》なでウザっ』

う、ウザいってお前……。

精霊は数こそ少ないけれど、複数体存在する。そして、まるでお互いが接触し合わないように配慮しているかのように、それぞれポツポツと散在している……と言われている。精霊によって嗜好《しこう》や考え方も違うらしく、この地域を支配下に置いている精霊はめったに人前に姿を現すことがないため、カリーナも知らないとのこと。ただ、精霊の尖兵が好き勝手やっていたところをみると……。

『人間に興味がないタイプじゃないかしら？　だから、尖兵が好き勝手やっていてもとくに咎《とが》めることもなかった。あたしもお酒があれば人間とかどうでもいいし』

酔いどれ妖精とか嫌だ。

しかし、ヴィルの言う通りだろう。この地域を支配している精霊のように、ちゃんとその地を治めようとする精霊の方が少ないのかもしれない。

「でも、村人たちが労働させられていたのは、精霊の命令らしいんです。あたしも尖兵から伝え聞いただけなので、結局何を目的にしていたのかはわからないんですけど、穴を掘らせて長く線のように伸ばしていました」

そう言って、カリーナは締めくくった。

ふーむ……精霊も何かしらの目的はあったはずだ。何の意味もなく、強制労働をさせることもないだろうし……。

……まあ、どうでもいいか。

「精霊だろうが何であろうが、この世界はもともと我のものだ。勝手に我が封印されている間に征服していたのであれば……我が再征服するまでよ」

「はい、救世主様！」

ニッコリと笑うカリーナ。

話聞いてた？　征服するって言ってんの。何で嬉しそうなんだ。また支配されるというのに、何でこんなに受け入れられているのだろうか。

『あんたの方が精霊よりマシなんでしょ』

……まあ、尖兵みたいなのは作らないし、とくに弱者を虐殺したいわけでもないしな……。

「まあ、とにかく、まずは女神のことを調べてみたいな」

あの慈愛の塊で、誰にでも優しかった女神が、どうして精霊の尖兵によってその力を弱者への暴力と威圧《いあつ》に使われているのか。なかなか面白そうだろう？

我はニヤリとほくそ笑むのであった。

『でも、調べるったってどうするの？　千年ぶりに復活したばかりだから頼れる人はいないし……あいつらに頼むの？』

ヴィルがそう問いかける。

……あいつらって、あいつらのことだよな？

我と彼女にしかわからない言い回しだが、直接言葉にするのはあまりにもきつかった。

いや、流石に死んでいるだろう。千年だぞ？　普通の人間や魔族だったたし、流石に……ねえ？

……とりあえず、こいつに聞いてみるか。

「おい。何か『神』という言葉で心当たりはないか？」

「『神』、ですか？　うーん……神様が出てくるのは、おとぎ話くらいしか……」

少し考えながら答えるが、やはりすぐに女神の情報を手に入れられるはずもなかった。

まあ、それもそうか。ヘタをしたら、すでに精霊に殺されているのかもしれないしな。

それに、神はそうそう人の前には姿を現さない。千年前の戦争のときのような、非常事態の時を除いてな。

うーむ……またいくつかの国を破壊するか？　そうしたら、豊穣と慈愛の女神なんて大層な二つ名《ふたな》までついているのだから、確実に出てくるはずだが……。

しかし、弱者を食い物にしていた尖兵に力がわたっていたことを考えると、やはり彼女も変わっている可能性が高い。はて、どうしたものか……。

「あっ。一つだけ気になることが……。ただ、それが救世主様の求めていることではないかもしれませんが……」

　我が悩んでいると、カリーナがこちらを窺うようにしながら言ってくる。今は少しでも情報が欲しいので、聞いてみることにする。

「いい、話せ。あと、救世主は止めろ。我は破壊神だ」

「はい、救世主様」

「我の話聞いてる？」

　こいつ、マジで破壊するぞ。何でニコニコ良い笑顔で話をすっ飛ばすんだ。あいつらそっくりじゃないか。

『将来有望ね』

　止めろ。

「ここから数十キロ離れた街なんですが、そこである宗教がとても流行しているらしいんです。その教祖が、自分のことを神と呼んでいるらしく……。悪い噂《うわさ》が聞こえてきます」

　……カルトじゃないか。いや、確かに神という言葉から連想されやすいけどね、宗教って。

『あんたを信仰していた宗教もカルトだけどね』

　我は信仰しろとか一言も言っていないからね!?　気づいたら勝手に信仰者が増えていて組織になっていただけだからね！

『そっちの方がヤバいわよ』

　ね。我もそう思う。

「ふーむ……女神に関係するかと言われれば、可能性は低いようだな……」

少なくとも、あの女神は自分を神と公称して悪い噂が流れるようなことはしないだろう。だからと言って、これ以外にとくに心当たりがあるわけでもない。

他にやることは破壊くらいしかないしなぁ……。それに、かの女神が変貌《へんぼう》を遂《と》げているのだとしたら、可能性はないわけではないか。

よし、明日にでも行ってみるとするか。今日は色々疲れたしのんびりしたい。

「少し寝たいから、出て行ってくれるか？」

「はい、わかりました。では、石像も含めて頑張ります！」

「止めろって言ってんだろうが！」

次の日、起きたら外に何かしらの形ができかかっている大きな石があるのが見えて戦慄《せんりつ》したのは余談である。

◆

薄暗い部屋の中で、男と女が交わっている。

部屋の中を照らすのは空に浮かぶ月だけであり、その怪《あや》しくも柔らかな光がぼうっと辺りを浮かび上がらせていた。小さなテーブルの上には酒と果物が置かれてあり、いつでも水分を補給することができるようになっていた。

「うっ、あっ、いたっ……！　がっ……！」

「うるせえ！　黙ってろ！」

身体を揺らされる女は小さく悲鳴を何度も上げるが、男はそれを押さえつけて愉悦《ゆえつ》の表情を浮かべる。

少なくとも、愛を語らい合うような優しい空気は一切流れていなかった。つまり、二人は恋人同士などといったような穏やかな関係ではないということである。

「ふー……」

事が済んだのか、男はまじまじとベッドに倒れ伏す女を見下ろす。

女は美しい容姿をしている。だが、それを台無しにするように、その身体には傷が大量についていた。痛々しいアザなどもあり、その魅力を損《そこ》なわせている。

そして、何よりも目を背けたくなるのは、背中に生《は》えている美しい白い翼がボロボロになってしまっていることだろう。本来は汚れ一つない綺麗なものだっただろうに、羽は千切れ翼は折れている。

「くくっ。いやいや、楽しいなぁ。他者を自由に扱うことができるというのは、恐ろしいほどの優越感がある」

ベッドから降りると、彼はテーブルに置かれてあった酒を口に含む。

激しい運動で、喉の渇《かわ》きがあったからだ。

全裸のまま、その鍛えあげられた身体を月光にさらす。開かれた窓からは涼しい風が入ってきて、彼の火照《ほて》った身体を冷やしてくれる。

治安もあまりよろしくない街なので、しっかりと戸締まりしていないのは不用心と言えるだろう。

しかし、そもそもここは街の中でも最も高い建物の一室である。そう簡単に人が侵入してくることは不可能だし……たとえ侵入してきても、彼によってあっさりと殺されてしまうだろう。それだけの力を男は持っていたし、だからこそこの街を支配し、好き勝手欲望のままに行動できているのである。

「こんな楽しい時間をずっと続けないとなぁ。そのために、俺は……」

そう呟くと、男はチラリとベッドの上で倒れ伏す翼の折れた女を見やる。

「おら、さっさと出て行け。明日も虐《いじ》めてやるから、安心しろ。……ここにいたいんだったら、また一日中虐めてやるぞ？」

「……失礼します」

フラフラと身体に傷を負ったまま、女は頭を下げて部屋から出て行く。

もはや、壁に手を当てながらでないとまともに歩くこともできない。彼女が生きていられるのは、ひとえに人間よりも頑丈《がんじょう》だからだろう。常人なら、その虐待《ぎゃくたい》のダメージと精神的なストレスで命を落としていても不思議ではない。

「………………」

そんな仕打ちを受け続けて、彼女はもはや無表情で何の感情も抱くことはなかった。悲しみも、怒りも……もちろん、喜びだって。

ただ、それでも……それでも、彼女が生きて男の虐待に耐えているのは、【あの人】を救いたいからである。

「誰か……誰か、私とあの人を……」

――――助けて。

その言葉を聞いた者は、誰もいないのであった。

三章

CHAPTER 03

夜が明けた。ぐーっと背伸びをして朝の空気を吸い込む。千年ぶりの朝だ。何とも清々《すがすが》しい。

よし、早速《さっそく》そのカルトが流行《はや》っているという街に行ってみるか。

そんな我《われ》のもとに急いで駆け寄ってくるのは、カリーナである。

貴様は兄の面倒《めんどう》でも見ていたらいいのではないか？

「あ、あの！　もう少し待っていただけるなら、馬をお渡しできるのですが！」

はーはーと息を切らしながら、そう提案してくれる。

とはいえ、馬は……。

「む？　いや、必要ない」

我の方が馬より速いし。食べさせてくれるというのであれば、それはまあ……。

食事が必須《ひっす》というわけではないが、娯楽《ごらく》としてはとても好きである。まあ、つい昨日まで搾《さく》取《しゅ》されまくりだったたから、馬が残っているといってもかなり痩《や》せ衰《おとろ》えていてあまり美味《おい》しくなさそうだなぁ……。

「え？　でも、歩いて行くと何時間かかるか……」

「跳《と》んでいくから大丈夫だ。ではな」

「あっ、救世主様……！」

もう二度と関《かか》わることはあるまいと、さっさと背を向けて街に向かおうとしたが、聞き捨てならない言葉にもう一度振り返る。

キョトンと首を傾《かし》げるカリーナ。キョトンではない。

「……それ止《や》めろって言っただろ。あと、石像もこれ以上作るなよ。フリじゃないからな。本気だぞ。その救世主呼びと石像をどうにかしていなかったら、次来たときマジで破壊するからら」

我はそう言ってキッと睨《にら》みつけると、グッと脚《あし》に力を溜《た》めて……一気に解放した。地面を蹴《け》り砕《くだ》き、我の身体は物凄《ものすご》い速度で空を滑空するのであった。

この時の我は、のちにこの村から再びあの我を崇《あが》める邪教カルトが広まりを見せることになるとは、想像もしていなかったのであった。

◆

地面を蹴り砕き、一気に街まで距離を詰めた。流石《さすが》にいきなりダイナミック侵入すると面倒なことになりそうなので、街の手前で一度降りる。街の正門には門番がいるのだが……そこから行くと面倒そうだ。

中に入るにはお金もとられるだろうし……。

ということで、我は街の外壁をジャンプで飛び越え、中に侵入するのであった。

幸い、近くには誰もいないようだった。まずは表通りに出て歩いてみるが……。

『うーん……なんか、変な空気ね』

ヴィルの言う通り、なんというか形容しがたい雰囲気《ふんいき》が漂っていた。

いや、なんだろうな。我もあまり話が上手《うま》い方ではないから説明ができないのだが……皆仮面をかぶって生活をしているかのような印象を受けた。自分を取り繕《つくろ》っているというか、精一杯《せいいっぱい》建前《たてまえ》を装っているようだった。

『あ、お酒ある！　ねえ、バイラ！　あれ買ってよ！』

我の中で一気に機嫌をよくするヴィル。彼女の言葉に目を向ければ、屋台で酒瓶《さかびん》を並べている親父《おやじ》がいた。

えー……。我、お金持ってないし。

『うっそ。無一文《むいちもん》？　こんな貧乏人《びんぼうにん》と一緒になれないわ。離婚しましょう』

結婚もしてないけど？

あっ。そう言えば、カリーナから無理やり押しつけられたものがあったような……。

ごそごそと懐《ふところ》をあされば、硬貨がいくつか入っていた。

『それお金よ、多分！　さあ、それを使ってお・さ・け！　お・さ・け！』

この酔っ払いめ……。まだ飲んでいないのに、もう出来上がっているのか……。

しかし、これがお金かあ。我が封印《ふういん》される前のものとは違っているな。刻印《こくいん》も……何者かよくわからん顔になっている。誰だこいつ。我の時は、四大神の内の誰かというのが多かったが……。

とりあえず、屋台の方へ向かう。ヴィルが癇癪《かんしゃく》を起こしたら面倒だしな。

「おい。酒を一瓶くれ。これで足りるか？」

「ああ、はい。もちろんです」

ジャラリと硬貨を差し出すと、親父は一本の酒瓶を渡してきた。冷やされており、水滴がついているそれはとても美味《おい》しそうだ。

『いやっほおおおおおおお!!』

我の中で狂喜乱舞《きょうきらんぶ》する酔いどれ妖精。

あとでちゃんと返せよ。

『…………え？　マジ？』

そうだ。こいつに聞いてみるか。唖然《あぜん》としているヴィルをよそに、我は屋台の店主に話しかける。

「我は外から来た。この街では宗教が広まっていると聞いたのだが、それは本当か？」

「ええ、そうですよ。私も信徒です。素晴らしい宗教ですよ」

ほー。もしかしたら、この街に住んでいる者のほとんどがその宗教の信徒なのかもしれないな。何を信仰しようが勝手だが、少し気になったのは……。

「そうか。あまり幸せそうには見えないが……」

「いやいや、そんなことないですよ！　変なことを言うのは止めてください！」

我の言葉に慌《あわ》てて首と手を振る店主。

うーむ……まさか、この街にいる以上は信仰を強制されるみたいな状況なのか？

……周りにいた何人かがこちらを監視するように見たな。

一部の熱狂的な信者が街中を監視し、宗教に反するような言動をしないようにしているのか。

何かそういうことをしでかしたら、街を追い出されるか、はたまた……。

ほほう。やはり、カルトのようだ。こういうのを破壊するのも、なかなか楽しい。

「我も少し興味が出てきたな。その宗教の指導者は知っているか？」

「もちろん、存じております。私たち一般人とは比べものにならないほどの強大な力を持っておられて……。だからこそ、この街は精霊の尖兵《せんぺい》に手出しをされることなく、安全が保たれているわけですよ」

なるほど。宗教を信仰することによって、自分の安全を守ってもらっているのか。それくらい、この地域では尖兵が幅を利《き》かせているらしい。カリーナたちの村でそれは明らかだったが……。

しかし、この世界の支配者たる精霊の尖兵に抵抗することができるほどの力を、教祖……この街の支配者は持っているということか。

ふははっ、ますます興味がわいてきたぞ。力ある者との闘争はとても心躍《おど》るからな。

『お酒ちょーだい。ねえねえ、お酒』

「そうか。なおさら興味がわいてきたな。どこにいるのかは分かるか？」

「ええ。いつもあの塔から私たちのことを見守ってくださっていると聞きます」

店主の指さした方向を見る。

はー。いかにも権力者がいそうな高い塔だ。他の建物とは一線を画《かく》している。

……王城や魔王城などもそうだったが、何で皆一番高いところに住みたがるのだろうな。我からしたらちょうどいい的《まと》にしか見えん。

あそこに魔力弾を撃ったら面白《おもしろ》いだろうか？

『ねえねえ、お酒。ちょーだいお酒。飲ませてお酒』

「それに、時折街にも出てきますよ。あ、ほら……」

やはり、少し沈んだ表情で目を向ける店主。……なにやら、人が大勢集まっている。

人ごみのせいでいまいち何が起きているのかわからないな。

よし、少し近づいてみるか。

『おーさーけー』

さっきからうるせえ!!　てか、飲みたいんだったら出て来い！　どうやって我の中にいるお前に酒瓶を渡すんだ！

『できるわよ。ほら』

シュバッと我の手から消える酒。

なん、だと……？

『ごくごく……ぷひー！　うまっ』

え？　本当に我の中でお酒飲んでるの？　どうやって？　何をどうやって我の中でお酒を飲めるのか、めっちゃ気になるんだけど。

「さあ！　これより始まりますは珍《めずら》しい使徒の処刑であります!!」

何やら司会を務めている男の大きな声に応《こた》えるように、周りの人間どもが歓声を上げる。

公開処刑？　まあ、それはいいとしてうるさっ。破壊するぞ。

それよりも、使徒と言っていたな。

目を向ければ……ステージのような一段高い場所には、ボロボロの女がうずくまっていた。顔を拝《おが》むことはできないが……折れたり散ったりしている白い翼が印象的だった。本来は綺麗《きれい》な純白だっただろうに、汚れきってしまっている。

ふーむ……？　あれ、どこかで見たことがあるような……。

「そして、それを見届けてくださるのは、我らが神、アールグレーン様です!!」

悩んでいた我だったが、司会が口にした名前を聞いてバッと顔を向ける。すると、特等席のように絢爛《けんらん》な椅子《いす》に座った男が、偉そうにふんぞり返っていた。

アールグレーン、か……。

「……ほほう？」

知っている顔があるではないか。

我の笑顔は、それはそれは凶悪なものだった。

◆

アールグレーンはとても上機嫌だった。

昨夜弄《もてあそ》んでやったあの女を、今日は公開処刑するため、広場に連れてきている。

（もう少し虐《いじ》めてやってもよかったんだが……もう十分に楽しませてもらった。最後は、盛大に死んでもらおうぜ）

ニヤニヤとした嗜虐《しぎゃく》的な笑みは隠せていない。

あの使徒は、もう何十年も虐待《ぎゃくたい》し続けている。最初こそ面白い反応を見せてくれていたが、今ではほとんど反応を見せない。痛みに対してはなおさらで、閨《ねや》の相手をさせる時にだけ少し表情を崩《くず》すのが面白かった。

一番効果があるのは、【あいつ】のことをほのめかしたときだが……。

（もはや、俺のことなんて一切信用していないからな。【あいつ】のことを口に出しても、それほど面白い反応はしなくなった）

だとしたら、用済みである。

なに、これ以外にも面白いことは山ほどある。寿命《じゅみょう》は数えきれないくらい残っているし、安全や立場も確立されている。

最後の最後に、盛大に愉《たの》しませてもらうとしよう。

「そして、それを見届けてくださるのは、我らが神、アールグレーン様です!!」

「おお、アールグレーン様だ……!」

「私たちの神よ!」

「俺たちを救ってくださった神様だ!」

司会の言葉によって視線を誘導された街の住人たちは、自分を見て拝んだりひれ伏したりしている。アールグレーンはそんな彼らに軽く手を振ってやる。

(くくっ、楽しいじゃねえか! なるほど、人間どもが身分制を作って王や貴族を気取っていた気持ちが、今になって分かったぜ)

称賛され、慕《した》われることがこんなにも気持ちがいいことだったとは。今になってその味を知り、彼は心底《しんそこ》楽しんでいた。

「どう、して……! あなたの言う通りにしていたら、殺すことはないって……!」

「あ? そんな約束していたか? 悪いな、忘れちまった」

「……ッ!!」

舞台に頰《ほお》をこすりつけながら、痛々しく、使徒は問いかけてくる。それをせせら笑えば、久しぶりに彼女は感情を露《あら》わにする。

ああ、いいぞ。その顔が見たかったんだ。

「くくっ! ずっとそんな感じで俺を楽しませていたら殺さないでいてやったんだがなぁ。

「まあ、いいじゃねえか。あいつのもとに行けるんだからよ」

彼女の慕う人物のことを口に出せば、またもやカッと表情を変化させる女。

なんだ。まだあいつをエサに使う効果はあるじゃないか。

「あの方は！　死んでなど……!!」

「死んではいないかもなぁ……。死よりも辛《つら》い思いをしているかもしれねえがなあああ!!」

大笑いするアールグレーン。

一方で、女は絶望する。

今まで、どれほど苦しくても辛くても痛くても死にたくなっても、彼女が耐え続けてきたのはあの人を救うためである。

あの人の情報が欲しい。あの人のことを助けてあげてほしい。アールグレーンには、それをするだけの力があったはずだ。

だから、女として死ぬようなことをされても、人間の尊厳を破壊されるようなことをされても、彼女は耐えてきたのだ。

だというのに……アールグレーンは、そんな彼女を心底憐《あわ》れみ、蔑《さげす》み、嘲《あざけ》ったような笑顔を浮かべた。

「俺の言葉を信じて、何十年もご苦労だったな。俺を存分《ぞんぶん》に楽しませてくれて、感謝してるぜ。じゃあな、ゴミ」

「アールグレーンんんんんんんんんんんんんんん!!」

今までに発したことのないような怒声《どせい》が、彼女の口から飛んでくる。

だが、翼の折れた使徒に何ができるというのだろうか。

アールグレーンは顔色一つ変えず、処刑人に合図を下す。それに従い、大きな剣が振りかぶられる。

狙《ねら》うは、女の細い首である。ろくに食事もとらせてもらえず、身体《からだ》もやせ細っているので、あっさりと斬《き》り落とすことができるだろう。

「あいつに、よろしくな」

ニッと笑い、最後に最高の言葉をかけてやる。激情にかられて声を張り上げようとするボロボロの女。

だが、この街において彼女の言葉を聞いてくれる者は誰もおらず、その細い首が斬り落とされ……。

「――――そうか、アールグレーン。なら、我にもよろしくしてくれないか？」

「あ……？」

トンと舞台に降り立った一人の男。

当然、公開処刑の舞台に躍り出ることは許されない。処刑の邪魔をする者は厳罰《げんばつ》が待っており、アールグレーンの機嫌がいい時は街の外への追放、悪い時は死刑である。尖兵が幅を利《き》かせている外に放り出されることは、死刑とそう変わらないのだが。

しかし、何よりも許せないのは、自分の名を呼び捨てにしたことである。これは、間違いなく死刑だ。女を痛めつけて楽しんでいたというのに、台無しである。

早速、信徒たちに命令して殺させようとするが……。

「なにせ、千年ぶりにあった旧知の仲なんだからな」

「お、お前は……」

改めてその顔を見たことで、アールグレーンの顔は蒼白《そうはく》へと変わる。

そんな……そんな馬鹿《ばか》な。どうして、この男がここに……!?

そんな考えが頭の中で浮かび上がるが、ニヤリと笑ってこちらを見据《みす》える男は間違いなく彼だった。

「久しぶりだなあ、アールグレーン」

「は、ははは破壊神……バイラヴァ……!?」

千年前、世界を蹂躙《じゅうりん》した最悪の破壊神が、アールグレーンの前に立ったのであった。

「貴様ぁ！　アールグレーン様に対してその無礼はなんだぁ!?」

「引きずり下ろして八つ裂きにしてやる！」

そんな彼に激怒し殺意を向けたのが、アールグレーンを神と慕う信徒たちである。

舞台に登壇するだけでも不敬なのに、神を呼び捨てにするなど許されるはずがない。武器を持って、一斉《いっせい》に襲《おそ》いかかる。

「随分《ずいぶん》と血気盛んな人間を飼っているようだな。いやはや、羨《うらや》ましい限りだ。我にもこんなに思ってくれる者がいたらなぁ」

そんな彼らを見ても、破壊神は……バイラヴァはのんきなものである。

『いたじゃん』

「止めろ」

アールグレーンはほんの少し期待してバイラヴァに迫る信徒たちを見る。

千年だ。バイラヴァが封印されてから、千年も経《た》っている。力が衰《おとろ》えていても不思議ではないし、自身の信徒たちは力も持っている。これなら、殺すことはできなくても多少疲労させるくらいは……。

そう思っていたアールグレーンの希望が打ち砕かれるのは、直後のことだった。

「だが、邪魔だ。破壊する」

そう言うと、バイラヴァは足を振り上げ……地面を踏みつけた。

「うわあああああ!?」

「きゃあああああ!!」

たったそれだけで……地面を踏み抜いただけで暴風が吹き荒れ、迫ってきていた信徒たちを一気に吹き飛ばす。地割れが起き、近くの建物がヒビ割れ、倒壊する。それは、バイラヴァを中心にして全方位に衝撃波が広がるように拡大し、集まっていた群衆はもちろん吹き飛ばされた。

また、翼の折れた女を殺そうとしていた処刑人は瓦礫《がれき》が頭部に当たると同時に吹き飛ばされ、血を飛び散らせて命を落とす。その女もゴロゴロと地面を転がり、さらにボロボロになってしまう。

その惨状にあって、もはや立っているのはバイラヴァと何とか防ぐことのできたアールグレーンだけであった。

「ようやく二人きりになれたな。まったく……千年ぶりに親交を温めようとしているのだから、無粋《ぶすい》なことはしないでほしいな」

女は倒れた状態で、アールグレーンに立ちはだかる男を見る。

自分を何十年にもわたって痛めつけ続けてきた彼が、初めて見るほど狼狽《ろうばい》していた。そして、そうさせている者の背中は……彼女にとっても見覚えのあるものだった。

それは、悪い方の記憶として頭に残っていた。

「さあ、話をしよう。我を封印した四大神の一柱《ひとはしら》、アールグレーンよ」

だが、今この瞬間だけは、彼女にとってまさに救世主のように輝いて映るのであった。

「ど、どうしてお前がここに……!? 封印されていたはずじゃあ……」

「千年も経つんだ。封印が弱まっていても不思議ではないだろう? それに……」

愕然《がくぜん》として震えるアールグレーンを見て、薄く笑うバイラヴァ。彼の目がギラリと光る。

「貴様ら程度の力で、この我を永久に封じることができると、本当に思っていたのか？」

その威圧《いあつ》感に、アールグレーンは否応《いやおう》なしに気圧《けお》されてしまう。それは、もう何百年と味わったことのなかった命の危機を感じ取ったからだ。

最後に感じたのは……そう、千年前のあの戦争。バイラヴァと全世界との最終戦争の時だった。

「ふ、復讐《ふくしゅう》、か……？」

口の中の水分が涸《か》れ、声がかすれてしまう。

彼なりに思いきった勇気のある問いかけだったのだが……。

「……いや、そうではない」

「なに？」

その問いかけはあっさりと否定される。

では、何が目的なのか。アールグレーンは怪訝《けげん》そうに睨みつける。

「いいか？　我は別に個人的な恨《うら》みを貴様に持っているわけではない。あの戦争で負け、貴様らに封印されたことは、何も怒るようなことではないさ。むしろ、誇ればいい。この破壊神から、一時的にとはいえ世界の平和を勝ち取ることができたのだから」

かなりの上から目線に、アールグレーンは怒鳴り声を上げそうになる。だが、それは確実に悪手だ。何とか我慢《がまん》する。

彼に我慢ということをさせるのは、これまた何百年ぶりのことである。それをさせることができるバイラヴァの異常性は相当なものだということができるだろう。

「だから、我が復活してこの世界を再征服するのも、また道理である。精霊とかいう訳のわからん存在が君臨《くんりん》しているようだが、関係ない。我は再びこの世界に暗黒と混沌《こんとん》を齎《もたら》してやる」

この異質さである。

アールグレーンは、少なくとも自分のことを善人であるとは思っていない。自身の欲望のままに行動するので、悪という感覚は持っている。

だが、この男は……バイラヴァは、まさに純粋悪。当たり前のように世界を破壊しようとし、当然のように征服しようとする。そこに、悪意も敵意もないのだ。ただ、そうあれかしという使命みたいなものを持って行動している。

それが、何よりも恐ろしかった。それは、アールグレーンにとって……他の多くの存在にとって、理解できないものだから。

「また邪魔をするというのであれば、再び我の前に立ちはだかるがいい。今度こそ、完全に破壊してやろう」

千年前、怯《おび》えながらもバイラヴァと相対《あいたい》することができたのは、アールグレーンの前に、隣に、後ろに大勢の味方がいたからである。

絶対に……絶対に一対一で相対していい相手ではない。

「……お前に精霊を倒すことはできねえ」

それでも、アールグレーンは彼を否定した。

「何故《なぜ》そう言える？」

「……俺たちがあいつらと戦って、負けたからだ」

沈痛そうな表情を浮かべるアールグレーンだが、当然ながらバイラヴァが気にする素振りはない。

「ああ、それは聞いたな。それに関連するかどうかはわからないが、少し聞きたいことがあってな。あの女神は今、どうしている？」

「……知らねえよ」

あの女神……その言葉を聞いて、ピクリと一瞬反応するアールグレーン。目ざといバイラヴァは、それを見逃さなかった。

「知らんことはないだろう。我を倒した仲良し四人組ではないか」

「知らねえっつってんだろ！　あいつは……あいつは……！」

嘲笑《ちょうしょう》するようなバイラヴァの言葉に激昂《げっこう》するアールグレーン。

「俺たちを裏切って、精霊側についたんだから!!」

その言葉に、ニヤリと笑うバイラヴァ。

「……ほほう」

「……俺たちは四柱《よはしら》で精霊の侵攻を迎撃《げいげき》した。戦いは苛烈《かれつ》だった……だが、俺たちは押していたんだ。戦況は有利だった」

悔《く》やむように顔を歪《ゆが》め、アールグレーンは話す。今まさに過去の記憶を思い返しているようだった。

なるほど、なかなかの【演者】である。

「では、何故負けた？　何故この世界は精霊に支配されている？　それら全《すべ》てが、あの女神のせいだと？」

「そうだよ！　それ以外に考えられねえだろうが!!」

激しい肯定。どこからどう見ても、彼が嘘《うそ》を言っているようには見えなかった。

「ふーむ……なるほどなぁ。確かに、あの女神の力が尖兵にわたっていたことから考えると、貴様の言うことにも一理ある」

腕を組み、何度か頷《うなず》くバイラヴァ。

単純に女神がこの世界と人々を裏切り、精霊と手を組んだという主張は、それほどおかしなものではない。数百年も経てば神だって変わるだろうし、それならば尖兵のグラシアノが女神の力を使っていたこととつじつまが合う。

その反応を見て、アールグレーンはさらに詰め寄る。

「そうだろ？　だったら、俺と手を組んで、あの女神を……」

「だが」

嬉々《きき》として勧誘しようとした言葉が遮《さえぎ》られる。バイラヴァの目は、面白そうに輝いていた。

「だが、おかしいな。そこに転がっている女……どこかで見たことがあると思っていたが、ようやく思い出したぞ」

『教えてあげたの、あたしだけどね』

チラリと倒れ伏す翼の折れた女を見るバイラヴァ。ぐったりと全身から力が抜けたように倒れている彼女の姿は痛々しく、命のともしびが消えようとしていても不思議ではない。

そんな彼女に、バイラヴァは見覚えがあった。

「そいつ、あの女神の使徒だろう？」

「ッ!!」

顔を凍《こお》りつかせるアールグレーン。

もともと、四大神にはそれぞれ彼らを崇める宗教が存在していた。とくに、人を思いやり彼らのために尽力する女神は、豊穣《ほうじょう》と慈愛《じあい》の神として最大勢力を誇っていた。そんな大勢の信徒の中で、忠誠心と信仰心を極限まで高めた者は、使徒として昇華される。

バイラヴァに心当たりがあるのは当然だった。なぜなら、かつて千年前のあの戦争で、彼女も女神と共に自分に立ち向かってきていたのだから。

残念ながら、自分よりもはるかに弱かったのでほとんど覚えていないが。

「だとしたら、貴様の話は少しおかしいな。貴様らを裏切って精霊側についたはずの女神の使徒が、どうしてここにいて、どうしてボロボロになっていて、どうして処刑されそうになっているんだ？」

「そ、それは……っ、捕まえたんだよ！　俺たちを襲ってきたときに、捕虜《ほりよ》にしたんだ！　捕虜を処刑するのは、おかしいことじゃねえだろ？」

「ああ、おかしくないとも。我も頭を使うことは不得手でな。貴様を言葉で打ち負かそうだなんてことは思っていない」

ニヤニヤと笑うバイラヴァは非常に悪趣味であった。

いたぶっている。止《とど》めを刺すことができるのに、わざと泳がせて必死に活路を見出《みいだ》そうとしているアールグレーンを嘲笑《あざわら》っている。さながら、猫がネズミを前足で虐めるように。

ひとしきり満足したのか、彼は止めとなる言葉を発した。

「だがなあ……どうして、貴様の身体からあの女神の力を感じ取れるんだ?」

「……ッ!」

アールグレーンはサッと顔を青ざめさせる。慌てて胸に手を当てるが……もう遅い。

「ふははっ! もういいだろう、つまらん嘘は。別に、我は貴様を糾弾《きゅうだん》しに来たわけではない。ただ、面白そうだから知りたいだけのことだ。……まあ、貴様が我の背中を攻撃したかったのであれば、残念だったな」

それを聞いて……アールグレーンの顔はスッと無表情になり、そしてすぐに忌々《いまいま》しそうに歪んだ。

「……ちっ。テメエを騙《だま》して殺せたら楽だったのによお……。まさかこのタイミングで復活するなんて思ってなかったから、油断しちまった。ゴキブリかよ、テメエ」

「ああ、そういうのはいいから。で? 女神を害したのは貴様か?」

ギロリと睨みつけてくるアールグレーン。その威圧感と殺意は凄《すさ》まじいもので、今弱っている使徒の女が受ければ命を落としかねないものだった。

しかし、バイラヴァはどこ吹く風で、興味なさそうに手をひらひらと振った。彼が興味があるのは女神のことだけである。

アールグレーンにとってももはや隠し立てするようなことでもない。口を開いて、真実を告げてやる。

「ああ、そうだよ！　俺が裏切って、あいつを売ってやったんだよ!!」

◆

木々が生《お》い茂る自然豊かな場所。多くの動物たちも生息しており、小鳥が鳴いている様《さま》はとてものどかだった。

そんな場所を歩いているのは、美しい白い翼を生《は》やした女だった。

彼女はこののどかな光景を見て薄く微笑《ほほえ》みながら、とある人物を迎えに行こうとしていた。

歩いていると、次第《しだい》に小鳥のさえずりが聞こえなくなっていく。また、豊かな緑もだんだんと減っていき、いつの間にか殺風景な土しか見えなくなってくる。

それに従い、女の顔も穏《おだ》やかなものから引き締まった緊張したものへと変わっていく。

（あまりここには来たくないのだけれど……）

しかし、自分の敬愛するあの方は頻繁《ひんぱん》にこの場所を訪れている。とくに、何か大きいことをしなければならない直前には、必ずと言っていいほどだ。

大事な決戦前に姿が見当たらなかったので、おそらくここだろうと当たりをつけてやってきた。

「やっぱり……」

案の定というか、想像通りその場所にいた彼女を見て、思わずため息を吐いてしまう。

彼女の敬愛する人物が、そこで目を閉じて祈っていた。うっすらと光が差し込む中での祈りは、決して邪魔をしてはいけない神聖さを感じさせるものだったが……。

「ヴィクトリア様、またここにいらしていたんですか？」

流石に何度も目にしていれば、慣れてしまう。

「ええ。わたくしには、ここで眠っている彼にちゃんと報告しないといけない義務がありますから」

そう言って、祈りを捧《ささ》げていた女は振り返る。

使徒である彼女がいつも見ている姿なのだが、やはり女は同性の自分から見ても息をのむほど美しかった。

金色の豊かで長い髪は絹《きぬ》のように艶《つや》やかで、透き通った青い瞳《ひとみ》は空のようにどこまでも奥行を感じさせる。キリッと吊《つ》り上った目は、彼女の意思の強さと高潔さを表している。戦装束《いくさしょうぞく》を身に纏《まと》っているが、その上からでも分かるほど彼女の身体は起伏《きふく》に富んでいた。大きく張り出した胸や安産型の臀部《でんぶ》は、なるほど豊穣の女神らしいといえばらしい。

豊穣と慈愛の女神……ヴィクトリア。使徒の女が敬愛し忠誠を捧げる美しき女神だった。

「そ、そんな義務なんてありませんよ。だって、ここに封印されているのは、あの破壊神じゃないですか」

何度も見ているはずなのに、その美しさに当てられた使徒の女は言葉を詰まらせてしまう。

しかし、次第にその顔は険しくなっていく。ここに封印されている破壊神は、彼女にとって憎《にく》しみの対象でしかないからだ。

「世界中を破壊し、征服し、暗黒と混沌を齎した最恐最悪の化け物。数百年前の傷跡は、未《いま》だ癒《い》えていないところもたくさんあります」

あの世界の命運をかけた大戦争に、彼女もヴィクトリアの使徒として参戦していた。その結果、破壊神は四大神……いや、世界に敗《やぶ》れてこうして封印されているわけだが……彼女からすると、決して良い思い出ではない。結局、ヴィクトリアを守ることもできず、戦いの最初の方で甚大《じんだい》なダメージを受けて戦闘不能に陥《おちい》り、最終戦争と言うにふさわしい大激戦を、ただ見ていることしかできなかったのだから。

だからこそ、世界に害を為《な》し、ヴィクトリアを命の危険にさらした彼のことは、大嫌いであった。

「そう、ですわね。レナ……あなたたちから見て、この方を許せないのは当然ですわ。あまりにも身勝手で横暴で……世界をめちゃくちゃにされたんですもの。怒りを抱いて当然……」

使徒の女……レナの言葉を聞いて、ヴィクトリアはそれを非難することなく認めた。誰にでも優しく慈悲《じひ》深い彼女は、それを破壊神にさえ向けていた。

「だけど、彼は破壊神。破壊をつかさどる神。たとえ、彼が望んでいなくても、そうしなければならないように定められているのですわ」

「だ、だからと言って……」

確かに、それは一理あるかもしれない。だが……それで納得できるかと言われれば、否《いな》である。

破壊をするために生まれてきた。だから、破壊しても許す。そんなこと、レナにはできるはずもなかった。

自分の意思に反するようなことを言われても、ヴィクトリアは穏やかに微笑んだ。

「ええ、もちろん。あなたに彼のことを許せ、なんてことを言うつもりは毛頭ありませんわ。わたくしだって、彼のことを認められないから、受け入れられないから、あの戦争で彼と戦って、封印したんですもの」

スッと破壊神が封印されている場所を見やるヴィクトリア。

「だから、彼を封印した後の世界のことも……ちゃんと教えてあげないといけませんわ。彼には反省するまで、ここで過ごしてもらう。その間に、わたくしたちはこの世界をより素晴らしいものへと変えていきましょう。彼が復活した時、破壊する気がなくなってしまうほど、素晴らしい世界に」

その声には、強い決意が秘められていた。

「覚悟してくださいまし。わたくしだけだと、そんな大それたことはできないかもしれません。でも、この世界に生きるのは、わたくしだけではない。人や魔族……この世界に生きる者全てと協力し、作り上げてみせますわ！」

「ヴィクトリア様……」

彼女は……自分の敬愛する女神は、世界をめちゃくちゃにした破壊神すら抱きしめたいと、抱擁《ほうよう》したいと考えている。

敵対するどころか、見捨てることすらせず。彼のことを抱きしめ、共に歩いていきたいと……。

それは、レナではわからない、理解できない二人だけのつながりのようなものが感じられた。いや、破壊神の方はいないため、一方的な気持ちなのかもしれない。しかし、神と神。二人だけにしかわからない何かが、確かにここにはあったのだった。

レナはもはやこれ以上、破壊神を貶《おとし》めるようなことは口にしない。

キッと強く決意を込めた表情を浮かべ、ヴィクトリアは口を開く。振り返った彼女の顔は、まさに戦士のものだった。

「そのためにも、あの無粋《ぶすい》な侵略者たちには帰っていただかなくてはなりませんね」

「あ、そうでした！　アールグレーン様が到着されました」

「そうでしたか。では、行きましょうか」

本来の目的を思い出し、レナは報告をする。それを聞いたヴィクトリアは、封印場所に背を向けて歩き出す。

「……また、来ますわ」

チラリと肩越しに振り返り、そう呟《つぶや》いたヴィクトリア。今度こそ振り返ることなく、彼女は歩を進めたのであった。

これが、彼女がバイラヴァの封印場所に現れた、最後の日になった。

◆

「お待たせして申し訳ありませんわ、アールグレーンさん」

「いや、大したことねえよ」

簡易《かんい》なテントの中に、ヴィクトリアとアールグレーンの姿があった。軽く頭を下げて謝意を伝えてくる彼女に、アールグレーンは軽く手を振って応える。

ヴィクトリアは彼以外に他の四大神が現れていないことに、少しの落胆《らくたん》の色を示す。

「それにしても……やはり、他の方には来ていただけませんでしたのね」

「あいつらはもうこの近くにいないってことだろうな。あいつらもお前ほどのお人好《ひとよ》しじゃねえから、自分の信徒が害されねえ限り、出張ってくることはねえだろ」

信徒の数と信仰の強さは、神の力になる。だからこそ、四大神を含めた神々は、自身の信徒を保護し祝福を与えるのである。

例外として、それをやりたがらなかったのは、かの破壊神くらいである。信徒の狂信さに引いていたという噂《うわさ》もあるが、今となっては確認の術《すべ》はない。

そして、現在精霊が侵攻しているのは、ヴィクトリアとアールグレーンの信徒がいる大陸であった。他の二柱《ふたはしら》の勢力は別の大陸にあるため、わざわざ他の神と信徒を守るために出張ってくる者はいなかった。

破壊神との戦争時は、間違いなく大陸どころか全世界を巻き込んだものだったから、協力し合っただけである。本来であれば、お互い勢力を食い合うような間柄《あいだがら》なので、決して良い仲間関係ができているわけではなかった。

むしろ、自身の信徒でなくても救おうとするヴィクトリアが異質なのである。

「残念ですわ。皆さんでこの世界と人々を守りたかったのに……。その点、アールグレーンさんには感謝しますわ」

「へっ。俺だってこの近くにいてお前から直接言われなきゃあ、こんなとこに人間や魔族なんかを守るために来なかったさ」

そう言って鼻で笑うアールグレーンであったが……。

「それでも、ですわ。あなたは結局こうして来てくださった。それが嬉《うれ》しいのですわ」

「……そういうのはいいからよ。さっさと行こうぜ」

ニッコリと笑うヴィクトリアが眩《まぶ》しいように目を背《そむ》けるアールグレーン。彼はさっさと立ち上がり、テントの外に向かっていく。

「はい！　不躾《ぶしつけ》な侵略者たちにお帰りいただき、この世界を素晴らしいものへと変えましょう!!」

「……ああ、そうだな」

背中を見せられているヴィクトリアは、アールグレーンの悪意に満ち満ちた笑顔を見ることができないのであった。

広大な平野で向かい合う二つの勢力。一つは侵略軍である精霊たち。もう一つはそれを迎え撃つヴィクトリアたちである。

「精霊……というのは数が少ないと聞いていたのですけど……」

しかし、ヴィクトリアの目に映るのは、こちらの軍勢に勝るとも劣らない数を揃《そろ》えてきている精霊軍である。強大な力を持つと言われる精霊があれだけの数いるのだとしたら……苦戦は免《まぬが》れない。

だが、それをアールグレーンが否定した。

「ありゃあ、全員が全員精霊じゃねえよ。信徒に探らせたら、どうやらこっちの世界の人間や魔族を尖兵として引き込んでいるらしい」

兵隊をこちらの世界で調達しているということに、ヴィクトリアは目を丸くする。

「それは……洗脳とかですか？」

「いんや。もしかしたら、少数はされているかもしれないが、大多数は自分の意思であっちについている。どうせ、精霊が世界を支配した後に色々と便宜《べんぎ》を図ってもらえる算段になっているんだろうさ」

優《すぐ》れた目で精霊軍を見れば、なるほど、尖兵として先頭に立っている兵隊たちは、多くが荒くれ者たちだった。

何かしらの見返りが用意され、それに応じて彼らは精霊側に付き侵略軍の一端《いったん》を担《にな》うことにしたのだろう。対価さえあればどのような軍隊にも与《くみ》する傭兵《ようへい》という存在もあるので、ヴィクトリアが彼らを根本から否定することはなかった。

ただ、眉《まゆ》を顰《ひそ》めて悲しそうにするだけである。

「残念ですわ……」

「まっ、俺の信徒でもねえし、知ったことじゃねえな。皆殺しだ」

そう言うと、アールグレーンはひらひらと手を振って離れて行った。最初に話し合った彼の持ち場へと向かったのだろう。

そんな彼が去った後にこっそりとヴィクトリアに話しかけたのが、レナだった。

「……ヴィクトリア様。本当にこの陣形でいいんですか？　いくら何でもおかしいです」

強く懸念《けねん》を示すレナ。

陣形は、ヴィクトリアとアールグレーンを先頭にし、そのすぐ後ろをアールグレーンの信徒たちが固めるようなものとなっている。

これでは、アールグレーンの勢力しかヴィクトリアの周りには存在せず、万が一という事態になったときには彼の信徒たちが邪魔で、その後方に待機しているヴィクトリアの信徒たちが助けに行くことができない。

「もともと、わたくしの信徒はあまり戦闘に特化している者は多くないですわ。だから、後方支援を担当しているのでしょう？　一方で、アールグレーンさんの信徒は戦闘が得意。……こうなるのも、当然ですわ」

「し、しかし！」

「信じましょう、レナ。わたくしたちの敵は精霊。アールグレーンさんではありませんわ」

ニッコリと笑うヴィクトリア。

彼女は、あの世界をめちゃくちゃにした破壊神をも信じている。であるならば、レナが嫌な印象を抱いているアールグレーンのことも、信じていないはずがなかった。

「さあ、あなたも配置について。戦争が始まりますわ」

「は、はい……」

彼女に促《うなが》されて、レナは自身の配置されている後方へと向かう。

ヴィクトリアは優しすぎる。しかし、その優しさがあるからこそ、四大神の中で最大勢力と言っていいほどの信徒たちに慕われているのだ。

だから、その良さをなくすことはできないが……。

（本当に、あの神を信用してもいいのかしら……）

チラリとヴィクトリアから少し離れた場所で戦闘準備を行っているアールグレーンを見やるレナ。

本当に、信用できるのか？

精霊と衝突するにあたっては、荒事《あらごと》を好まないヴィクトリアの勢力だけでは対抗不可能だから、戦闘経験が豊富なアールグレーンの勢力に頼らざるを得ないのだが……。

レナは、この時何としてでもヴィクトリアが一人になるのを止めなかったことを、数百年にわたって後悔し続けることになるのであった。

◆

ワッと怒声を上げて一気に迫りくる精霊軍。先陣を切るのは、尖兵たちである。

どうやら、精霊たちは後ろから高みの見物を決め込んでいるらしい。

「この世界の人々を攻撃するのは心が痛みますが……お覚悟くださいまし」

悲しそうに表情を歪めながら、軽くトントンと地面を蹴るヴィクトリア。

いかにもお嬢様といった容貌《ようぼう》で、武器さえ持てないような美しい女を見て、尖兵たちは明らかに侮《あなど》っていた。他の兵隊たちを後ろに下げて一人だけ前に出ているのは、命乞《いのちご》いのためだろうか？

そんな甘い気持ちを持って突撃していた彼らだったが……。

「あ？　なんだ？」

ゴゴゴ……という地鳴りが響く。さらに、大地が揺れ始め、怪訝そうに周りを見渡す尖兵たち。

最初こそ平気だったが、次第に揺れが大きく激しくなるにつれて、尖兵たちは慌て始める。

その揺れは立っていることすらままならないほどのものになっていき……。

ゴッ!!　という音と共に大地が隆起した。地割れが起き、下から突き上げられるようにして尖兵たちの多くが宙へと投げ出される。

「な、なんだよこれはあああああ!?」

悲鳴を上げながら落ちて行く尖兵。

ぐしゃりと地面に落ちて潰《つぶ》れた者もいれば、大地の裂け目に飲み込まれて消えていった者もいた。

たった数度、地面を叩《たた》くように蹴っただけで、天変地異を引き起こす。それが、ヴィクトリアだった。

◆

「あらぁ、すっごい力ねぇ。あれだけいた手駒《てごま》が一気に減っちゃったわよぉ」

尖兵たちが為す術なく撃退されていく様を、遠く離れた場所から観察している人々がいた。

彼らこそ、精霊。この世界にやってきた侵略者である。

「そうだな。あれがこの世界の神の力か。なるほど、凄まじいエネルギーだ」

「興味あるのぉ？」

眼鏡《めがね》をかけた男が呟けば、女が問いかける。

精霊同士は干渉《かんしょう》し合わないようにしているため、あまり深くお互いの事情や性格を知っているわけではないのだが、普段この男は他者に興味を示さないと知っているため、目を丸くして驚く。

「もちろんだ。あれはいい実験体になる」

「そっちかぁ」

ギラリと光る眼鏡を見て、女は色気を含んだ笑みを浮かべる。

別にこれといって男に好感を抱いているとか誘っているとか、そういうことはないのだが、いつも通りの彼女の振る舞いはやけに色気を含むものであった。

実験体、という言葉は非常に不安を抱かせるもので、とくに彼が纏っている白衣が血だらけであることも拍車《はくしゃ》をかけていた。

「俺も興味あるぞ！　欲しいなぁ、神様」

そこに割り込んだのは、少年のような容貌をした男である。彼もまた精霊であった。

はつらつとした笑みは周りを笑顔にするような魅力に溢《あふ》れていたが、残念ながら彼を見て笑みを浮かべるようなまっとうな性格をしている者は、ここには一人もいなかった。

「ダメだ。私がいただく」

「俺！」

「彼女を取り合うために喧嘩《けんか》するのはいいのだけれどぉ、あれどうやって捕まえるのぉ？　あなたたちが出張るのぉ？」

ギャアギャアと口喧嘩を始める二人に、女の声が割り込んだ。すると、ピタリと身体を止めたのは血みどろの白衣を身に着けた男の方だった。

「……私はあまり戦闘が得意ではないのだが」

「じゃあ、俺だな！　残念、俺がいただく！」

嬉々としてヴィクトリアのもとに駆けだそうとする少年。その細い肩をがっしりと掴《つか》んだのは、眼鏡の男である。

「それはダメだ」

「うるせー！　もやしは黙ってろ！」

「ふん！　どうせ、ヴェロニカのことだ。すでに手は打ってあるのだろう？」

一触即発という雰囲気になるが、眼鏡の男が視線を向けたのは、女……ヴェロニカの方だった。

「正解ぃ。やっぱりぃ、こういうことは全力で愉《たの》しまないとねぇ」

ニヤリと裂けてしまいそうなほど口を大きく歪めたヴェロニカは、その整った顔に悪意と害意を多分ににじませるのであった。

◆

「ふぅ……終わりでしょうか？　無益な殺生はしたくありませんから、お帰りいただけませんか？」

「ひっ、ひいっ……！」

「ば、化け物だ……！　神って、こんなに強かったのかよ……！」

結局、尖兵たちはヴィクトリアたちの誰一人も殺すことができず、それどころか近づくことすらままならなかった。

大地が隆起し、裂けるという天変地異を引き起こす神。特殊な力を持たないこの世界の人間が、敵うはずもなかった。

「はぁ、はぁ……っ！」

だが、彼女の疲労も激しく、背を向けて尖兵たちが逃げ出したのを確認すると、肩で息をする。びっしりと顔に浮かんでいる汗《あせ》は、彼女がどれほど疲れているかをはっきりと表していた。

ヴィクトリアは敵である尖兵たちでさえも、この世界の住人だということで、できる限り殺さないように仕向けていた。そのため、ただでさえ魔力の消費が激しい大規模攻撃を微妙に手加減しつつ使用したので、魔力の消耗《しょうもう》と精神の疲労は非常に大きなものになっていた。

「これで、当面は……」

しかし、成し遂《と》げた。これだけの強大な力を見せつければ、親玉である精霊は分からないが、少なくとも尖兵たちは再び襲いかかってくることはないだろう。

次は、精霊との戦いだ。疲れ切った身体に鞭《むち》を打って、もう一度身体に力を入れ直したヴィクトリア。

「ああ、そうだな。ご苦労さん」

「――――えっ？」

そんな彼女の腹から細長い剣が突き出たのは、その直後のことだった。

自身の柔らかい腹から突き出る剣を唖然として見るヴィクトリア。痛みは未だ襲ってこず、ただ何が起きたのか理解ができない。

彼女の腹に剣を突き刺したまま離れたアールグレーンは、控《ひか》えさせていた信徒たちに命令を下す。

「撃て」

ヴィクトリア目がけて大量の魔法攻撃が放たれ、唖然としていた彼女の背中を襲ったのであった。

「――――……」

ヴィクトリアは悲鳴を上げることすらできずに倒れた。

彼女の周りは地形が変わってしまっていた。それほどの一斉攻撃を背中に受けたのである。腹を刺され、さらには大砲撃。

しかし、彼女は死んでいなかった。それは、ひとえに不死である神だからである。

とはいえ、一般的に不死と言われている神々だが、身体を構成する力が全て抜けてしまえば消滅する。激しい攻撃を受けたことや、それ以前に膨大《ぼうだい》な力を使用していたことで、今のヴィクトリアは非常に危険な状態にあった。

少なくとも、すぐに立ち上がって反撃することができないほどに。

「ほう。まだ息があるのか。私としては、そちらの方が助かるがな」

「凄《すご》いわねぇ、神様って。私たちでも死んでいたわよねぇ」

ザッと土を踏みしめる音を立てて近づいてきたのは、二人の精霊であった。血だらけの白衣を身に着けた男とヴェロニカであることから、どうやら少年との勝負は彼が勝ったらしい。

「さぁてぇ……約束通り行動を起こしてくれてぇ、どうもありがとぉ」

ヴェロニカがそう声をかけたのは、今回の戦いのＭＶＰと言っていい、ヴィクトリアを裏切ったアールグレーンであった。

「はっ！　礼なんてどうでもいい。ちゃんと約束を果たしてくれるんならな。こっちはもう動いたんだ。今更《いまさら》反故《ほご》にするなんてことねえだろうな？」

「もちろんよぉ。私たちは別にあなたと戦争をしたいわけじゃないんだからぁ」

ギロリと殺気を込めて睨みつけてくるアールグレーンと正対しても、ニコニコと穏やかで色気のある笑みを崩すことのないヴェロニカ。そんな彼女を見て、白衣の男は冷や汗を流していた。

「……まさか、埋伏《まいふく》の毒を仕込んでいたとはな。相変わらず、悪趣味なやつだ」

「だってぇ、正面から殴り合ったら面倒でしょう？　実際ぃ、あんな強い力を持っていたんだからぁ、感謝してほしいくらいだわぁ」

いつの間にこのような毒の芽《め》を植え込んでいたのだろうか？　そもそも、精霊とはあまり干渉し合わないので仕方のないことなのかもしれないが……その手際の良さには頬が引きつる。

「どう、して……？」

倒れているヴィクトリアは、そうアールグレーンに問いかけた。美しい金色の豊かな髪は汚れきってしまっているし、整った肢体《したい》は血と泥《どろ》で見るも無残なものになっている。

そんな彼女を面白そうに見下ろし、アールグレーンは笑った。

「あー……まあ、色々あるんだけどな。同じ勢力範囲内にテメエの勢力があること。テメエが消えたら、俺の勢力は大幅に拡大するってわけだ。それに、こいつらが支配した後の俺の待遇だな。ぶっちゃけ、こいつらと戦って勝てるのなんて俺ら神くらいしかいねえだろ？　数が違うんだ。分《ぶ》が悪い。だから、さっさと降《くだ》ってしまって約束された待遇を受けた方がいい。それに、何より……」

ギロリと睨みつける眼力は、凄まじいものだった。

「テメエがあの破壊神のことをずっと想って考えていることが、何よりも虫唾《むしず》が走る！　俺はあいつが殺したいほど憎いんだ。あいつのシンパなんて、邪魔でしかねえよ！」

アールグレーンにとって、数百年前の戦争は屈辱《くつじょく》以外のなにものでもなかった。破壊神に侮《ぶ》辱《じょく》され……何よりも、一人では手も足も出なかったのだ。

そんな男のもとに、かつて敵対していたはずのヴィクトリアが頻繁に訪れているのは、彼にとって不愉快極《ふゆかいきわ》まりないことだった。

「……もういいか？　この女神のことについてなんだが」

「あ？　好きにしろよ。俺は興味ねえしな」

「そうか、助かる」

アールグレーンが白衣の男と会話をしているのを見て、ヴィクトリアは自分がもはや逃げられないことを悟る。

だが……彼女は決してアールグレーンのことも、そして何よりも守りたいと思っていたこの世界の住人に裏切られたことも、恨んでいなかった。彼女の善性は、自分を裏切り殺そうとした者たちをも包み込むのである。

「ねぇ。その破壊神っていうのはぁ、そんなに凄い神なのぉ？」

そんな彼女のそばにしゃがみ込み、話しかけてくるのはヴェロニカであった。ニコニコと笑っている穏やかそうな表情は、一見すると無害なのだが、そこからにじみ出る退廃《たいはい》的な色気が根拠のない不安を抱かせる。

そんな彼女に破壊神のことを教えるのは嫌だったが……しかし、彼女程度には御《ぎょ》することなんてできないと伝えるため、汗と血にまみれた顔に笑みを湛《たた》えて言ってやる。

「……あなたなんか、足元にも及ばない程度には凄いですわよ……」

「へぇえ……！　それはいいわぁ……」

ニコニコと笑い、楽しみができたと小躍《こおど》りするヴェロニカ。そして、彼女と入れ替わるようにやってきたのは、血だらけの白衣を着た男。

「じゃあ、持って帰るか。我々のために、お前を使わせてもらうぞ」

グッと手を伸ばしてくる男。その大きな手で顔を覆《おお》われ、ヴィクトリアは意識を失うのであった。

「ほほう、そうか。我が封印されていた間にそんなことが……なるほど、なるほど」

「はっ！　どうした？　テメエもまさかあの女のことを大切に想っていたのかぁ？　ざぁんねんだったなぁ！　もうとっくに死んじまってるだろうぜ！　はははははははっ!!」

コクコクと頷くバイラヴァ。そんな彼を見て、高らかに嘲笑うアールグレーン。

もはや、彼には破壊神に対する恐怖なんてなかった。

そうだ。こいつは千年も封印されていたのだ。全力を出せるはずもないし、怯えることはないのだ。

「お前が……お前が、あんな裏切りをしなかったら……！」

「おっ、目を覚ましたのかよ。死んでしまっていた方が楽だったんだが……」

倒れ伏す使徒の女……レナが視線だけで人を殺せそうな目を向けるが、アールグレーンはヘラヘラと笑う。

彼女に対しては何の脅威《きょうい》もないからだ。

「絶対に……絶対に許さない……！　ヴィクトリア様を裏切った愚神《ぐしん》め！　殺してやる!!」

「はははははははっ!!　テメエに何ができんだよおお!!　そんなボロボロの身体で、数百年俺に弄ばれた身体で、俺に勝てるとでも思ってんのかぁ!?　そもそも、テメエが万全の状態だったとしても俺には敵わねえよ。俺は神だ。テメエみてえな一介《いっかい》の使徒程度が敵う相手じゃねえんだよお!!」

だから、嘲笑う。常人《じょうじん》なら気絶してしまうほどの殺意と敵意を向けられても、アールグレーンには愉悦《ゆえつ》する要素の一つにしか過ぎない。

怨嗟《えんさ》の声を張り上げる下から見上げる者と、それを見て嘲笑う上から見下ろす者。両者はまったく異なっていた。

「盛り上がるのはいいんだけど、我を挟《はさ》んでやるのはやめてくれない？　怒声も殺意もウザいから」

そんな二人の間に立たされて嘲りと殺意を正面と背中で受け止めていたバイラヴァが、げっそりして言う。

「ああ、そうだ。テメエはどうするんだ？　そこで転がってる玩具《おもちゃ》みてえに、俺を殺すか？　あの女神のかたき討《う》ちって言ってな」

そうなった場合……激しい戦闘になることを覚悟しなければならない。確かに、彼は千年封印されていた。身体は鈍《にぶ》っているだろうし、自分も千年前とは違う。

だが、彼は世界をたった一人で破滅に追いやった最悪の破壊神である。

アールグレーンはごくりと喉《のど》を鳴らし……。

「ん？　何で？」

「……え？」

首を傾げられた。

「いや、そもそも、我と女神は敵同士だし。我から見たら、貴様らの勝手な仲間割れだし。むしろ、世界再征服の邪魔者が減ってラッキーなくらいだし」

「なっ……!?」

バイラヴァの言葉に愕然としたのはレナである。アールグレーンは少し驚いた表情を浮かべていたが、次第に笑みへと変えていく。

「ぷっ、はははははっ！　そうか、そうだよなぁ！　テメエから見たら、くだらねえわな！」

（破壊神……!!）

ギッと呪《のろ》うようにバイラヴァを睨みつけるレナ。

千年前は敵だった。今だって彼のことは憎いほどである。だが、それでもヴィクトリアは……自分の敬愛する主は、彼のことを想って何度も封印場所に足を運んでいたのである。

そんな彼女を切り捨てるような発言に、怒りを覚えずにはいられなかった。

「なら、どうだ？　俺と手を組まねえか？　最近、精霊どもに上に立たれることにも飽き飽きしていたところだ。俺とテメエの二柱がいれば、この世界を掌握《しょうあく》することだって余裕だぜ」

さらに、アールグレーンはバイラヴァを勧誘し始める。

戦わずに済むのであれば、それが一番だ。世界を征服しようとした男だ。この提案はそれほど悪いものではないはずだ。だが……。

「誰が手を組むか、馬鹿垂《ばかた》れ」

呆《あき》れたような顔をしたバイラヴァに即答で拒否される。

「貴様、つい先ほど裏切った話をしておいて、よくそんな話を持ちかけられたな。図太っ。いくら我でも爆弾を懐に入れるのは嫌だ」

やれやれと首を横に振る。

「それにな……」

ずわっと彼の身体から溢れ出した異質な力に、アールグレーンもレナも顔を引きつらせる。

「勝手に我と戦える数少ない存在を処分されたら困るんだよ。あの女神には、世界の命運を懸《か》けて我と大戦争をするという義務があるのだからな」

獰猛《どうもう》な笑みを浮かべるその姿は、まさしく千年前世界を破滅に追いやった最悪の破壊神そのままであった。

「さて、女神がどこにいるかを教えてもらおう。そうしたら、命まではとらないで破壊してやる」

『それ結局死ぬほど痛い思いはするわよね？』

上から見下ろすようにバイラヴァはアールグレーンに告げる。そうすれば、彼が激怒することを見越している。

千年にわたって、アールグレーンは敬《うやま》われ尊重されてきた。それをいきなり覆《くつがえ》そうとする千年前の男がいるのである。我慢できるはずもないだろう。

「はっ！　何度も言っているが、知らねえって言ってんだろ。精霊に売り飛ばしてやったんだからな。どういう目に遭《あ》ったのかは知らねえが……とっくに死んでいるだろうぜ。なにせ……」

ヴィクトリアの処遇については、アールグレーンも知らなかった。だが、簡単に想像できるものが、手のうちにあった。

彼が取り出したのは、一見なんてことはないペンダント。だが、そこから溢れ出る神気は、まさにヴィクトリアのものであった。

「こぉんな便利なものまでもらっちまったからなぁ……!!」

絶望に突き落とされたのはレナである。ヴィクトリアの身に起きたことを想像して、涙を流す。

しかし、バイラヴァは納得したように頷くだけだ。

「ほう、女神の力を感じるな。なるほど、あの尖兵の手甲《てっこう》もそうだったが、何らかの武器やアイテムに付与《ふよ》しているのか」

「精霊は副産物だとかなんだとか言っていたが、どうでもいい！　重要なことは、この俺には二つの神の力が存在するということだあああ!!」

カッとペンダントが光ると同時に、凄まじい力がアールグレーンを中心にして巻き起こった。地鳴りが響く。そして、大地が隆起し、街並みを破壊してしまう。

それは、まさにヴィクトリアの使っていた豊穣の神の力であった。

それだけではない。青い空が広がっていたはずなのに、今では分厚い黒い雲が空を覆っていた。ゴウッと吹き荒れる暴風雨。雷《かみなり》まで鳴り響き、その巨大な音は聞く者に恐怖を与える。

まさに、天変地異。自然を操作し、破壊することができる、神の御業《みわざ》であった。

レナは生気を失いかけていた。

自分の敬愛するヴィクトリアのことを思いやるだけでも心を閉ざしてしまいそうになるくらいなのに、それに加えて圧倒的な暴力とも言える神の力を目の前でまざまざと見せつけられているのである。

予想される未来は、ヴィクトリアを救い出すことができず、ここで神に踏み潰される。それ以外なかった。

「二つの神の力を完全に使いこなすことができれば、ブランクのあるテメエなんかに負けるわけがねえ！　先代の遺物があっ!!　さっさと過去に戻《えぐ》りやがれえええええ!!」

アールグレーンから放たれた神の力。大地を抉り、暴風がバイラヴァに襲いかかる。地面が揺れて砕けているのだから避けることもできず、上に逃れようとすれば暴風で切り刻《きざ》まれ吹き飛ばされる。

少なくとも、これは一個体に対して打ち出すような攻撃ではなく、大きな軍勢を相手にするときに使う戦術級の魔法だった。その余波《よは》だけでもレナのか細い命は吹き飛びそうになって……。

「ウザい」

封殺《ふうさつ》。

バイラヴァの手には黒々とした魔力を溢れ出させる剣があった。それを地面に突き刺すと、迫り来ていた神気と激突。一切拮抗《きっこう》することもなく、そのアールグレーンの攻撃を相殺してしまったのであった。

音を立てて地割れを起こしバイラヴァに迫っていた大地は、剣が刺された場所からも同様の衝撃が走り、両者のちょうど真ん中あたりでぶつかって押し合い、一気に空高くまで隆起した。それだけでなく、迫り来ていた暴風を切り裂き、分厚い黒い雲を一気に晴らした。青い空が瞬《また》く間に広がり、雨も止んだ。

「…………は？」

その声を発したのは、アールグレーンかレナか……あるいは両方だったのかもしれない。大きく口を開けて、唖然とするしかない。

今起きたことが、まだ理解できない。受け入れて、飲み込むことができていないのだ。

「うむ。まあ、確かに我に攻撃が通用するのは認めよう。神の力はそれほどに大きい。それに、貴様の言う通り、もしかしたら我が全盛期の力を使えないのかもしれない」

アールグレーンが挑発や嘲りのために主張したことを、バイラヴァはとくに否定することなく受け入れた。

尖兵のグラシアノ相手に使っていた攻撃無効化と自動反撃が一切機能しないほど、アールグレーンの格は高い。それに、バイラヴァ自身バリバリ動き回っていた千年前と違い、非常に長い年月を封印されていたのだから、最高の状態とは言い難いだろう。

「我は力が落ち、貴様は力を増した。だがな……」

口を大きく歪めて嗤《わら》うバイラヴァ。

「――――その程度のことで、我と貴様の差が埋まるわけがないだろう」

それは、圧倒的強者からの、無慈悲《むじひ》な言葉だった。嘲りも多分に含まれている。アールグレーンにとっては、我慢できない言葉のはずだ。

だが、彼は言い返すことができなかった。怒鳴り声を上げることはできなかった。

彼は、思い出してしまっていたからだ。千年前、手も足も出ずに倒れ伏したことを。

多くの世界中の戦力や、ヴィクトリアをはじめとした他の四大神がいなかったら、どうなっていたか？　少なくとも、つい先ほどまでのように他者を虐げ満足した生活を送ることはできなかっただろう。

「さて、リハビリがてら、我も神の力を使ってみようか。貴様の言う通り、弱っていたら情けないからな」

力を確認するかのように、手のひらを握ったり開いたりするバイラヴァ。その姿に恐怖を覚えたアールグレーンは制止の声を発するが……。

「まっ、待って――――!!」

「待ったはなしだ。ではな、アールグレーン。無の世界で我が再征服するのを、見ているがいい」

当然、バイラヴァが聞き入れることはない。冷たい言葉を言い放ち……指先から小さな黒い珠《たま》を作り出した。

魔力弾だろう。だが、それにしては小さすぎる。攻撃範囲も狭くなるし、何より威力《いりょく》も低い。

「ふっ……はははははは！　な、なんだ!?　本当に力が出ていないじゃねえか、バイラヴァ!!」

大量の汗をかきながらもバイラヴァを嘲笑うアールグレーン。

力がうまく出せないどころか、大きく衰退《すいたい》しているではないか！

「うーむ……やはり、千年という月日は長いか。ダメだな、これでは」

バイラヴァ自身もこの結果には満足いっていないようで、苦々しそうに顔を歪めている。それを見ると、なおさらアールグレーンは顔を輝かせる。

「はははははっ!!　今からでも命乞いして手伝わせてくださいと頭を下げた方がいいんじゃねえか!?　許さねえけどなああ!!」

嬉々として高笑いするアールグレーン。そんな彼に答えることなく、バイラヴァはその小さな黒い珠を撃ち出した。小さいがゆえなのか、その速度は非常に速いもので、アールグレーンは避《よ》けることができなかった。

いや、避けられたとしても、彼は避けなかっただろう。こんなしょぼい攻撃、逃げる方が恥だ。

だから、彼は気づかなかった。その小さな黒い珠の中に渦巻《うずま》いている、破壊神としての神気の濃さと異様さに。

トッ……と小さな音を立てて、その黒い珠はアールグレーンの胸に衝突した。

次の瞬間、世界から音が消えた。

そして、その直後に耳をつんざくような爆発が起きた。ゴウッと吹き荒れるのは、黒い爆炎と爆風。アールグレーンの姿を一気に膨《ふく》れ上がった黒い火球が隠してしまい、それはどんどんと大きくなって空まで届きそうなほど。遠く離れた場所からでも、うっすらと黒い珠が見えてしまうほど巨大なものになった。

大地を削《けず》り、瓦礫を吹き飛ばし、近くに建てられていた建物は跡形《あとかた》もなく消し飛ぶ。

「あっ……」

そして、それは近くで転がっていたレナにも猛威《もうい》を振るった。

数百年アールグレーンによって痛めつけられて消耗しきっていた彼女は、もはや逃げるために立ち上がることすらできない。翼を広げて逃げようにも、拷問《ごうもん》で折られてしまったそれでは飛ぶこともできない。迫り来る黒い爆炎は、間違いなく彼女の命を奪おうとして……。

「しっかたないわねぇ」

可愛《かわい》らしい声が聞こえたのは、そんな時だった。

ふわりとレナの眼前に現れたのは、小さな妖精であった。キラキラと輝く翼と身体を持ち、美しい黒髪をなびかせている。そして、小さな両手を前に突き出すと、レナを覆うようにして魔力壁が作られる。迫り来ていた爆炎を、それは見事に逸《そ》らしてしまった。

ガリガリと凄まじい音を立てて地面が削られ、その爆発が収まったときには、レナの周りだけが大きく突き出た状態で、あとはクレーターが出来上がってしまっていた。

「街が……」

呆然《ぼうぜん》と呟くレナ。

数百年の苦渋の経験を味わわされたこの街に思い入れなんて何もない。だが、アールグレーンが住まう街ということもあってかなり整備されており、また尖兵の脅威がないことから非常に発展した立派《りっぱ》な街並みだった。

それが、たったの一人によって……たった一つの魔法によって、一気に壊滅してしまった。

「これが……破壊神……！」

レナは思い出す。千年前、誰がこの世界を支配していたのか。誰が全世界の戦力とたった一人で同等に渡り合ったのか。

「……リハビリもしないとなぁ」

それは、破壊神。最悪にして最強の神である。

◆

うーむ……やはり、千年のブランクは大きかったようだ。我の納得できる破壊ができていない。

……まあ、おいおい復活していくだろう。なにも、力を失ったわけではないのだから。

「む？　ヴィルのやつめ、どこに……」

そんなことを考えていると、我の中にヴィルがいなくなっていることに気づく。

珍しい。我以外の人間や魔族がいるところでは、我の中に引きこもってろくに出てこないのに……。


「ここよ。まったく……あんたは周りの被害を考えずに攻撃するんだから。あたしが守ってあげなかったら、人が死んでいたわよ」

ふよふよと浮いてきて、我の鼻を指でつんつんしてくるヴィル。

彼女の言葉に周りを見渡してみれば……確かに、誰も死んでいないようだった。倒れている女神の使徒も生きているようだ。

「いや、周りに被害を出すようにするのがいいんだろ。我、破壊神だし」

「なに言ってんのよ。あんたは救世主様よ、救世主様」

「止めろ」

ニヤニヤと笑うヴィル。誰が救世主だ。

「で、あいつ殺さないの？」

ヴィルがチラリと視線を向けた先には、クレーターの中心で倒れているアールグレーンがいた。立ち上がる様子もないどころか完全に意識を失っているようだが、やつは死んでいない。

神を殺すことは不可能だ。消滅させることはできるがな。

「うーむ……神を消滅させるのはなかなか面倒なんだよな。力を使い切らせるしかないが、別にそれほど戦闘したいわけでもないし」

一番簡単で楽なのは、その神に力を使わせることである。ということは、戦闘を長引かせて無理やりにでも力を使わせる必要があるのだが……そんな面倒なことしたくない。

「……じゃあ、私が殺します」

そう言ってフラフラと立ち上がったのは、我の記憶の片隅《かたすみ》の片隅の片隅にいた女神の使徒だった。

どうやら、相当に酷《ひど》い目に遭っていたらしく、アールグレーンに対する殺意は並々ならぬものだった。

「ボロボロだったはずだが……」

「あたしが治してあげたのよ。優しいからね」

そう言うヴィルの表情は、穏やかで優しげな笑みが浮かんでいた。

ほほう……。

「……その手に持っている酒瓶はなにかな？」

「ぷひー」

口笛へたくそか！　買収されているだろうが！

「というか、使徒程度には神は殺せんぞ。しかも、貴様ろくに力が残っていないだろう。痛めつける目的で拷問したいというのであれば止めんが……好きにしろ」

我は一応そう声をかけてやる。

まあ、死なないだけでちゃんと痛覚はあるし、痛めつけることが目的ならばそれを果たすことができるだろう。アールグレーンが拷問されるかされないか……どっちにしろ我は興味ないし。

さて、これからどうしようか。ひとまず、リハビリがてら国でも滅ぼそうか。

「待ってください」

「む？」

しかし、我を呼び止める声。

普段なら無視だが……。振り返ると、そこには膝《ひざ》を屈し地面に頭をこすりつける使徒の姿が……。

「……何をしているんだ、貴様は」

「……敵対していた私がお願いするなんて、虫が良すぎるのは分かっているんです。それでも……！　あなたしか頼れる人が……助けられる人はいないんです！」

喉が裂けんばかりの悲痛な声。

……だからと言って、我に響くわけではないが。だったら、世界を征服する破壊神なんてやっていない。

「お願いします！　ヴィクトリア様を……私の女神様を、助けてください!!」

「馬鹿か、貴様。我は破壊神だぞ。しかも、敵対していた神だぞ。どうして助けるなんてことをすると思っているんだ。論外だ、論外」

やはり、女神の使徒が求めてきたことはそれだった。それに対し、我は即答する。

助けるはずがない。そもそも、破壊神に助けを求めるってどういうことだ。こいつもおかしいし、破壊神が助けるはずがないだろう。

「お、お願いします！　私は何でもしますから!!」

……しつこい。貴様、千年前だったら物理的に吹き飛ばしていたからな？

病《や》み上がりだから許してやるけど……。

「いや、貴様に何かしてほしいことなんてないし……なあ、ヴィルよ」

「お酒うまうま」

「聞けよ」

ラッパ飲みしているヴィル。

どうやってその小さな身体にそんなに飲み込むことができるんだ……。

「うーん……まあ、いいんじゃない？　あんたも女神がどうなっているかは気になっていたでしょ？」

「確かにそうだが……もうアールグレーンから聞いたしな……」

ヴィルが使徒に助け船を出す。

彼女の言う通り、我は女神がどうなっているか興味があったが……もう全部アールグレーンが教えてくれたし……。今どうなっているかは知らないようだったが、力を勝手に使われている時点で……もうあれだろう。

「ヴィクトリア様は、あなたのことをずっと思いやっていました！　だから、少しだけでも……！」

「我、思いやってほしいとか頼んでないし。あと、あいつなら別に我じゃなくても思いやっていただろう。そういうやつだ」

我が特別だから、女神は祈っていたわけではない。もし、我の立場にアールグレーンがいたとしても、彼女は同じように祈っていたことだろう。

そういう神なのだ。差別せず、平等に慈悲を与える。別に、それをどうこう思うことはないが……。

「で、でも……!!」

めっちゃしつこい……。

ガバッと顔を上げる使徒。その頬には大量の涙が伝っていた。

……泣くなよ。

「あーあー。なーかしたなーかした」

「酒とるぞ」

「ごめんなさいでした」

さて、これからどうしようか……。そう悩んでいると、こちらに走り寄ってくる者がいた。

「お、おい！　あんた！」

「む？」

それは、屋台で酒を売っていた店主だった。

信じる神が倒されたことに対する早速の報復か？　大歓迎である。この破壊神の力を、今一度見せつけてやろう！

と、ウキウキで力を使おうとしていると……。

「あ、ありがとう！　あの悪神を倒してくれて……!!」

両手を握られ感謝された。

……何してんだこいつ!?

「ば、馬鹿か貴様！　貴様の信仰する神を倒したのだぞ!?」

「やつを信仰する宗教に帰依《きえ》しないと、この街で暮らすことは許されねえんだ。尖兵の脅威から守ってくれたことは感謝するべきなんだろう。でも、その代償《だいしょう》があまりにもひどい……！」

さめざめと泣く店主。他所《よそ》で泣け。どうして我の周りで泣くんだ。止めろ。

酷い代償か……。まあ、そこで泣いている使徒のされていたことを考えると、アールグレーンも随分と好き勝手していたようだしな。

少なくとも、千年前はそのようなことはなかった。というのも、人に優しい女神が見張っていたからである。

精霊同士は接触を避け合うと聞いたが、神もまた同様である。近すぎれば勢力圏が重なり合い、信者の取り合いに発展することだってあり得る。

だからこそ、他の四大神の連中はここから離れているのだろう。例外として、我という強大な世界の敵が現れた時だけ、手を組むのだ。

「俺はあんたに感謝する。……が、あいつのことを本気で慕っていたやつもいる。気をつけねえと……！」

……なるほどなぁ。

店主の言う通り、我に向けてくる視線に込められた感情には様々なものがあった。この店主と同じような感謝の念を込めているものもあれば……我を恨み、憎んでいるものもある。いや、むしろ、後者の方が圧倒的に多いだろう。

なんだかんだ言って、アールグレーンは彼らにとっての救いの光だったのだ。

「素晴らしい……」

そう！　それが我に向けるべきものだよ！　なに感謝の念なんて送ってきてるんだ！　ブッ飛ばすぞ！

我に向けるべきは、怒り！　悲しみ！　そして畏怖《いふ》！　これがあればいいのだ！

「よ、よくも……アールグレーン様を……!!」

……よし。これをもっとたきつけるか。あのバカな村の連中のように、我を救世主だなんて言いだしたら最悪だからな。

「ふっふっふっ……ふははははははっ!!」

高笑いする我。より注目が集まる。

ヴィルは黒い珠になって再び我の中に入っていき、我はもののついでに使徒の女を担ぎ上げて空中へと飛ぶ。ふわりと浮かぶ我を見上げるアールグレーンの信徒たち。そんな彼らに、我は仰々《ぎょうぎょう》しく両腕を開いて語りかける。

「我は破壊神！　世界に暗黒と混沌を齎すために千年の封印から復活した最悪の神である！　貴様らの主神は我が倒した！」

ざわりと畏怖が伝染する。

いい、いいぞ！

「どうだ？　憎いか？　ならば、我を殺しに来るがいい！　何もしないのであれば、再びこの世界を我が征服しよう！　さあ、気張れよ。世界の命運は、貴様らの肩にかかっている！」

そこまで言った後、我はギュアッと空を駆けて街の上空から去ったのであった。

きっ、きききき気持ちいい!!　これだよ！　これが我だよ！

はぁぁ……復活して初めてよかったと思えたかもしれない。

我は思わず浮かれてしまうほどいい気分になっていた。……だから、これはほんの気まぐれである。

「おい、使徒。女神の場所を話せ」

「えっ……？」

我の顔をポカンと覗《のぞ》き込んでくる使徒。

早く言えよ。気が変わってしまうだろう？

「今我はご機嫌である。助けに行ってやろうではないか。この我が、かつて敵対した豊穣と慈愛の神をな」

「あ、ありがとうございます！　ありがとうございます!!」

助けたら勢力を再建してもらって、また我と激突してもらおう。

……だから、また泣くのは止めろ！　我の服に色々染《し》みつくだろうが!!

◆

「ぐっ、はぁ……っ！」

ぱちりと目を覚ますアールグレーン。全身に激痛が走り、起き上がることすらままならない。

「俺、は……」

敗北した。完膚《かんぷ》なきまでに。自分の神としての力と、ヴィクトリアの神としての力を使ってもなお、千年の封印で弱まっていた破壊神に及ばなかった。

とはいえ、千年前とは事情が違う。アールグレーンも千年命を懸けた戦いから遠ざかっていたため身体がすっかりなまってしまっていたし、ヴィクトリアの力だって彼女が使う本物のそれと比べるとあまりにも小さい。

だが、それでも……。

「くそったれ……!!」

周りを見れば、すでにバイラヴァの姿はない。

見逃された？　そう考えると、さらに苛立《いらだ》ちが募《つの》る。

「俺を見逃したこと、後悔させてやる！　覚悟しておけ、バイラヴァ……!!」

その怒気《どき》と殺気は凄まじいもので、信者たちですら近づくことがためらわれるほどのものだった。しかし、そんな彼のもとに、まるで朝の散歩をするかのような気軽さで近づいていく女の姿があった。

「あらぁ……すっごく怒っているわねぇ。怖いわぁ」

「な、んだ、テメエ……！」

ひょっこりと倒れているアールグレーンの視界に映りこんできたのは、退廃的な色気のある笑みを浮かべる女だった。上から覗き込んでくるため、ボブカットの黒髪がふわふわと揺れている。

今、アールグレーンの機嫌は最高に悪い。ギロリと殺意をみなぎらせた目で睨みつけるも、彼女には効果がないようだった。

これが、自分の信徒だったら悲鳴を上げて謝罪をしているに違いないため、アールグレーンは少し不可解に思う。

「覚えていないかしらぁ？　一度会ったことがあるのよぉ」

ニコニコと微笑む女に、アールグレーンは数百年前の記憶を呼び起こす。

「……あのときの、精霊か……」

「お久しぶりぃ」

ひらひらと手を振る女精霊……ヴェロニカに、アールグレーンは眉を顰める。

「何の用だ」

自分を笑いに来たのか？　そうだったとしたら、バイラヴァの他にも殺さなければならない対象が増えるだけだ。

そもそも、この地域を治める精霊は別の精霊のはずだ。そして、精霊は他の精霊に近づこうとしない。

ヴェロニカがここにいて、自分に接触してくる理由と意味が分からなかった。

「あのねぇ。私ぃ、あの神様にすっごく興味があるのぉ。だからぁ、お力を貸していただけないかと思ってぇ」

その言葉を聞いて、アールグレーンが抱いていた疑念は一切なくなってしまった。

「ふっ、ははは！　いいぜ！　力を貸してやる！　俺の神としての力に、精霊の力……これさえあれば、あのクソ野郎を殺せる……！」

そうか。この女もあの男を狙《ねら》っているのか。だとしたら、ヴェロニカを利用しない手はなかった。

欲を言えば、自分だけでバイラヴァに屈辱を与えてから殺してやりたいところだが、それをするにはあまりにも強大な存在だ。しかし、その前座にこの女を利用すれば……弱って疲弊《ひへい》しているあの男を痛めつけることができるかもしれない。

「悪いが、まずは俺の回復を手伝ってくれ。そうしたら……」

まずは、本調子を取り戻すことである。早速ヴェロニカに頼ろうとして……。

「えぇっとぉ……勘違《かんちが》いしているわよぉ」

「あ？」

ヴェロニカの言葉に、不穏《ふおん》なものを感じ取ったアールグレーン。彼女は申し訳なさそうにというか……困ったように頬をかいていた。

「神様と遊びたいのは私だものぉ。私って独占欲が強いみたいでねぇ。他の友達を一緒に連れて行って遊ぶのは好きじゃないのぉ」

「なにを……」

ここに至《いた》り、アールグレーンはようやく気づく。自分が倒れているというのに、自分に異質な存在が近づいてきているというのに、信者の一人も助けに来ないことを。

いや、ヴェロニカは精霊であるから、怯えて近寄ることができないということもあり得るだろう。だが、彼女はこの地域を支配している精霊ではなく、ほとんど現れないため、彼女のことを知っている者はいないはずだ。

それなのに、何故……？

「なっ……!?」

その理由は簡単。すでに、彼らはこの世から旅立っていたのだから。

クレーターの周りを囲むようにして、大量の死体が倒れていた。血がだくだくと流れ、それはへこんだ場所にいる自分のところまで近づいてきているではないか。

悲鳴を上げたり唖然として座り込んだまま生きている者もいるようだが、それはアールグレーンのためにヴェロニカに襲いかかろうとしなかった者たちである。彼を思って助けようとした信者たちは、皆殺されていた。

「だからぁ……ああ、力を貸してって言い方が悪かったわねぇ。ちゃんと言い換えるとぉ……」

ニコリと笑うヴェロニカ。しかし、その笑顔は今までの退廃的な色気のあるものではなく、邪悪でわがままで気ままな……悪魔のような笑顔だった。

「その神としての力ぁ、私に渡してぇ？」

「ひっ……！　や、やめ……止めろおおおおおおおおおおおおおお!!」

アールグレーンの悲鳴が、空高くまで響き渡ったのであった。

四章

CHAPTER 04

「そう言えば、貴様はただの人間だったよな？　使徒って、そんなに寿命《じゅみょう》が延《の》びるものなのか？」

女神の使徒の女……レナ、だったか？　彼女に方角を指示されながら、我《われ》は空を跳《と》んでいた。空中の大気を蹴《け》るようにしている。そっちの方が速いしな。

そして、ずっと何も話さないでいると、レナがグズグズと泣いてまた我の衣服に体液が付着するので、気になっていたことを尋《たず》ねることにした。

「え？　そう、ですね。正直、使徒の平均寿命というものがハッキリとしているわけではないので……。もともと、数も少ないですから、人間のようにどれくらいというのは統計的に得られているわけではありません」

まあ、そうだろうな。

少しとはいえ、神の力を使うことができる使徒。それがもっとたくさんいれば、千年前の戦争も、もっと楽しくなっていたことだろう。

まあ、我負けないけど。

「ただ、神に対する忠誠と敬愛によって使徒へと昇華《しょうか》されるわけですから、寿命というのもその強さによって増減するのではないかと思います」

忠誠と敬愛……。

『あー……じゃあ、絶対あの子たちも使徒として生き残っているわね。狂信者だったし嘘《うそ》、だろ……？　千年も経《た》っているから絶対に死んでいると思っていたのに……。

だが、レナの言ったことが事実だとすると……あ、あり得ない話ではない。

この我が怯《おび》える……？　そんなことがあるはずが……。

「あ、あそこです！　アールグレーンが私をいたぶっていた時に、話していたことがありました」

レナの言葉に、ハッと意識を浮上させる。彼女が我に担《かつ》がれながら指さす方向には、洞窟《どうくつ》があった。何名かの尖兵《せんぺい》が、そこを守っているように屯《たむろ》している。

暴虐《ぼうぎゃく》を振るう、治外法権の存在である尖兵が何人もいれば、人だって近寄らないだろう。当然、我にとっては何の抑止力にもなりはしないが。

「ほほう。では、行くか。女神を助けになぁ」

我はニヤリと笑って、空から降りていくのであった。

『で、どうやって助け出すの？』

尖兵たちの注目を集めながらふわりと地面に降り立った我に、身体《からだ》の中のヴィルが問いかけてくる。

どうやってって……正面突破でいいだろう？　そんな丁寧《ていねい》に救出なんてやってられん。

「おいおい、まさかここに人が寄ってくるなんてなぁ……」

「俺たちがいる所にわざわざ自分から来るやつなんて久しぶりだぜ。しかも、女連れだもんなぁ……」

「ヘンテコな格好《かっこう》はしているが、見た目は悪くねえな。おら、テメエはこっち来い。男は暇《ひま》つぶしにいたぶって殺すか」

ニヤニヤと笑いながら近づいてくる尖兵たちは、本当に自分たちの思い通りに事が進むと思い込んでいる。それは、こいつらが馬鹿《ばか》だということもあるだろうが、実際にこれまではその通りに進んでいたからだろう。

やりたいようにやって、生きたいように生きる。それをすることが許されていたのだろう。

「呼ばれているぞ」

「い、嫌ですよ！　尖兵なんかに好き勝手されたくありません！」

とりあえず、レナを差し出そうとすれば抵抗される。

「おい！　俺らを無視して勝手に盛り上がってんじゃねえぞ!!」

破壊神に抵抗とな？

「ふう、やれやれ。破壊神パワー見せちゃうか」

怒鳴り散らしてくる尖兵たちに、腕をぐるんぐるん回してやる気を見せる。

こういうおごり高ぶった強者を弱者だと認めさせることは、なかなかに楽しい。

よし。このうちの一人を生かしてどこぞへなりと逃げさせよう。ちゃんと破壊神が復活し、自分たちをボコボコにしたと話させるようにしてな。そうすれば、我の噂《うわさ》が大陸中に広まり、恐慌《きょうこう》状態へと陥《おちい》ることとだろう。

なんて素晴らしいことなんだ……。

『千年前のおとぎ話のキャラクターが出てきたなんて、まともに信じる奴《やつ》がいるのかしら？』

……それは確かに問題だな。

まあ、とりあえず我の強さを……と思っていると、その前にスッと割り込んできたのはレナである。

順番抜かしとか許さんぞ？

「いえ。それには及びません」

彼女はどこからか薙刀《なぎなた》を取り出すと、一閃《いっせん》。近づいてきていた尖兵たちを、一気に切り裂いたのであった。

……切り裂いたのであった。

「……数百年の虐待《ぎゃくたい》で衰弱《すいじゃく》はしていますが、この程度の連中でこの数なら負けません。それに、おそらく精霊がいるはず……。私では荷が重いでしょうから、その時ヴィクトリア様を助けるためにお力を発揮してください」

スッと薙刀を振って、血がビシャッと振り払われる。

……いや、まあね。聞く限りでは精霊は神をも倒すことができるみたいだし、確かに疲弊《ひへい》しきった使徒程度では敵わないかもしれないけどね？

「………」

「あ、あれ？」

スタスタと洞窟の中へと歩いて行く我を見て、慌《あわ》てて駆け寄ってくるレナ。我の中から黒い珠《たま》が飛び出し、妖精へと姿を変えた。

「あのねー。バイラは自分の力を見せびらかせてビビられたいのに、それを邪魔されたら拗《す》ねるでしょ。ちゃんと謝っておきなさいよ」

「え、えぇっ!? わ、私は良かれと思って……！」

拗ねてない。別に良いし。他にも尖兵はいるだろうし、そいつら痛めつけるだけだし。

◆

拗ねてしまい、ずんずんと先に歩いて行ってしまうバイラヴァ。そんな彼を見て、レナは何とも言えない感情を持て余していた。

（この人は、こんな子供みたいな性格をしていたのね……）

かつて、レナはヴィクトリアの使徒として、世界を滅ぼそうとしていたバイラヴァと血で血を洗う戦争を戦った。その時の印象は、もちろん最悪最低である。好きになれる要素は微塵《みじん》もありはしない。

加えて、彼のことを知ろうとも思っていなかった。

彼は巨悪。倒すべき絶対悪。そう思い込んでいたし、実際それは間違っていなかったと思っている。今は自分に手助けしてくれているが、当時は間違いなく世界の敵だったのだから。

だから、彼のことを知ろうとしなくても不思議ではないし、ただひたすら倒さなければという強い使命感を持っていたことも間違いではないだろう。

（でも、今はこうして私の手助けをしてくれている。この人は、いったいどの面《つら》が本当の姿なんだ……？）

今、ヴィクトリアを救い出すために自分を助けてくれているバイラヴァ。かつて、彼を慕《した》う信者たちは置いておいても、世界をたった一人で敵に回し、世界を滅ぼそうとしたバイラヴァ。

そのどちらを本当の彼だと思って、接すればいいのか。

（……あの方は、こんな時迷わなかったか）

レナは、バイラヴァに対する接し方について思いを巡《めぐ》らせるなか、自身の信仰するヴィクトリアのことを思い出すのであった。

◆

これは、四大神と破壊神が激しく敵対し、破壊神が世界に宣戦布告する前の記憶。

「ヴィクトリア様、どちらへ？」

何やらせっせと準備しているヴィクトリアを見て、レナは問いかけた。

何だか嫌な予感がする……。

ヴィクトリアは振り返ることなく、準備を続けながら答える。

「ええ、バイラヴァ様のもとへ行こうと思っておりますの。わたくしがいないと、すぐにだらけてしまいますから」

お母さんかな？

レナは思ったが口に出さなかった。

「えーと……破壊神はだらけてくれていた方が、私たちにとってはありがたいのですが……」

「ああ、もちろん悪いことに力を使わせるんじゃありませんわ。ただ、バイラヴァ様のお力は凄《すご》いですから、それを人助けのために使ってくれたら、もっと世の中がよくなりますわ！　だから、そうなるようにお叱《しか》りしてきますの！」

レナは少し納得してしまいそうになり、頭《かぶり》を振る。

バイラヴァとはほとんど交流はないが、その強大な力は知っている。自分など、羽虫以下の存在だと思ってしまうほど、隔絶《かくぜつ》した力を持っていた。確かに、それをヴィクトリアのように、世のため人のために使ってくれたら、どれほどいいだろう。

ただ、あの男の性格からすると、いくらヴィクトリアが言ったところで、まったく聞く耳を持たないと思うが……。

「あの破壊神が他人の意見を聞くとは思えませんが……。それに、バイラヴァ教の総本山にヴィクトリア様が行くのは危険です。あれの信者は数こそ少ないものの、全員頭のネジがぶっ飛んでいます。ヴィクトリア様のお力を疑うわけではありませんが、あの化け物どもは、たとえ他の神でも危害を加えてくることでしょう」

レナが危惧《きぐ》しているのは、バイラヴァ教の信者たちである。彼らは、数こそ非常に少ないものの、それ故《ゆえ》に少数精鋭《せいえい》。信仰具合は、誰もかれも狂信者と言えるだけのレベルにある。

世界を征服し滅ぼすと公言している神を信仰しているのだから、ぶっ飛んでいるのは間違いなかった。

そんなぶっ飛んでいる連中だけに、必要とあらば他の神にも躊躇《ちゅうちょ》なく攻撃を仕掛けることだろう。普通、そんなことをすると宗教戦争に発展しかねないので、あの乱暴者のアールグレーンの信者でさえもそんなことはしない。

しかし、バイラヴァ教の信者はやる。必要とあらば、神が求めるのであれば、何なら求めていなくてもやる。そういう奴らである。

それを危惧しているのだが、当のヴィクトリアは……。

「ええ、確かに……。あそこまでバイラヴァ様を愛してくださるのは、とても嬉《うれ》しいですわ！」

「ええ……」

自分の信仰する神は、どこか抜けている。そう思わざるを得ないレナであった。

まあ、彼女自身の戦闘能力も高く、いざとなれば自衛くらい可能であるという理由も大きいだろうが。

「では、行ってきますわ」

「あ、私も行きます！」

せっせと支度《したく》を済ませて出て行こうとするヴィクトリアに、レナは慌ててついていくのであった。

◆

ヴィクトリアとレナは、悪名高いバイラヴァ教の総本山……にはいなかった。そこから遠く離れた、森の中にある小さなログハウスの中にいた。

そして、そこにはぐったりと仰向《あおむ》けになって倒れているバイラヴァもいた。破壊神がなんでこんな誰もいない場所で隠れるようにしているのか、レナは酷《ひど》く疑問だった。

一方で、ヴィクトリアは慣れた様子で、仰向けになっている彼の肩を優しく揺らしていた。

それと同時に揺れる豊満すぎる胸を見て、レナはちょっとイラっとした。

「ああ、ほら。バイラヴァ様、ダメですよ。地べたで寝るならちゃんと時々は掃除しないと、汚くなります。風邪もひいちゃいますわ」

「我は神ぞ？　風邪とかひかん。というか、邪魔だ。どけ」

むっすぅ、といかにも不機嫌ですとアピールするバイラヴァ。ヴィクトリアは意に介《かい》さない。

バイラヴァの頭を優しく持ち上げると、自分の太ももの上に。膝枕《ひざまくら》である。レナは口を半開きにしてそれを見ていた。

彼女は知らないことだが、割と頻繁《ひんぱん》に行われていることなので、バイラヴァもヴィクトリアも照《て》れたりはしていない。当たり前のように膝枕をして、膝枕をされていた。

「硬《かた》いところで寝ていたら、身体《からだ》を痛めますわ」

(何だこの状況は……)

レナは愕然《がくぜん》としていた。

自分の信仰する女神が、対極に位置すると言っても過言ではない破壊神と、なんだかイチャイチャしているのである。しかも、当事者二人にその自覚はないようで、それが当たり前みたいな空気。

長年連れ添った夫婦かな？　レナはいぶかしんだ。

「ところで、バイラヴァ様はどうしてこんなところに？　信者の皆様がいるところの方がいいのでは？」

「……あんなところに長くいてみろ。我の精神が死ぬ。間違いなく死ぬ。というか、もう瀕死《ひんし》。ふっ、笑えよ。破壊神が信者に精神を病《や》まされそうになっているんだ」

ふっと達観《たつかん》した笑みを漏《も》らすバイラヴァ。その疲れ切った笑顔は、中間管理職で上司と部下から詰められる中年おじさんのようだった。

「元気を出してくださいまし。そして、その元気でわたくしと一緒に多くの人を救いましょう」

「嫌」

そこは引けないのがバイラヴァだった。断固拒否の姿勢を、膝枕をされながら見せる。そこはヴィクトリアも慣れたもので、今すぐにではなくとも、将来的にこちら側に引き込めればいいと、即座に切り替える。

「ああ、バイラヴァ様。わたくし、ご飯を作ってまいりましたの」

「いらん。神は食事をとらなくても大丈夫なことくらい、貴様も知っているだろうが」

女神手作りのサンドイッチである。レナは白目をむいた。

こんなの、もう通い妻ではないか。

敵対しているとは言わないが、あまり仲がよろしくない宗教同士であるのに、お互いのトップが無自覚イチャイチャをするとはどういうことか。

「でも、美味《おい》しいものを食べたら元気が出ますわ。はい、あーん」

「…………」

膝枕をされながら差し出されるサンドイッチを食べるバイラヴァ。ヴィクトリアはそれを見て、満足そうに頷《うなず》いて、また差し出す。

それが、当たり前のように続けられているのを見て、レナはポツリと呟《つぶや》いた。

「……これ、他の信者には絶対に言わないでおこう」

◆

「い、いや、迷わなかったに違いないとはいえ、あれはいくらなんでも……」

ブツブツと何やら使徒が言っているが、それはどうでもいいことだった。今は、それ以上に大切なことがあった。

「……他の尖兵、出てこないじゃないか」

我は絶望していた。こんな負の感情を抱いたのは、千年ぶりだ。

『封印《ふういん》されていたからちょっと前じゃない』

しかし、まさか洞窟の中にまったく尖兵がいないとは……。

一般的な洞窟だと、あまり環境が良くないから人が滞在したがらないのは当然だが、この洞窟はしっかりと手入れされているし、じめじめもしていない。

それなのに、人がいない……。

「少し不思議ですね。どうして他の尖兵の護衛《ごえい》がいないのでしょうか？」

「色々と考えられるな。護衛なんて必要ないくらい自分の力に自信があるのか、それとも尖兵にさえも見られてはマズイことでもあるのか……はたまた、端《はな》からこの場所には人が寄りつかないと踏んでいるのか」

「なるほど……」

手入れがされているということは、誰かがいるということ。しかし、尖兵はいないとなると……ここには精霊がいるのだろう。

少しワクワクしてきたな。ようやくこの世界を支配している精霊とやらに会うことができるのだ。

我を手こずらせてくれるような存在がいればいいのだが……。

「これは……」

そんなことを考えながら洞窟の中を歩いていると、この場所には不釣り合いな機械的な扉が現れた。大きなそれは、岩壁に埋め込むように設置され、ここを通らずに先に進むことを許さなかった。

「開け方は分かるか？」

「……いえ、すみません。おそらく、登録されている魔力などがキーになっているのでしょうが……尖兵たちを連れてきましょうか？」

確かに、精霊側の存在である尖兵ならば、この扉を開けることができるかもしれない。洞窟の入り口のところにレナが切り捨てた尖兵たちが数人いるので、それらを引っ立ててきて開けさせることもできるかもしれないが……この洞窟の中に一人たりとも尖兵がいないことを考えると、それも難しそうだ。

「いや、あいつらではここに入ることは許されていないだろう。精霊だけが入ることができる場所ではないか？」

「じゃあ……」

どうすればいいのか、とレナは続けようとしたのだろうが、そもそも破壊神である我の前に障壁が立ちはだかるなんてことはあり得ない。

「ああ。強行突破だ」

そう小さく呟くと、体重の乗った蹴りを巨大な機械扉にぶつけるのであった。

なるほど、なかなか頑丈《がんじょう》な造《つく》りのようだ。ガァン！　という凄《すさ》まじい音が鳴り響き、身体全体に衝撃が走るが、我の必殺技破壊神キックにより、その扉は見事破壊されたのであった。

「ええ……？」

破壊された扉を見て困惑《こんわく》の声を上げるレナ。

「行くぞ。そもそも、女神を取り返しに来たのだろう？　お行儀よく侵入する方がおかしい」

「ま、待ってください！」

先に扉の中へと入って行った我に、レナは慌ててついてくる。しかし、すぐに我が立ち止まっていることに気づき、不思議そうに周りを見渡して……彼女は唖然《あぜん》とした。

そこは、先ほどまでの岩肌《いわはだ》がむき出しになった洞窟と違い、機械的な設備が並んだ研究室のような場所だった。それだけでも驚くべきものだが、何よりも目を引きつけるのは……。

「こ、これは……!?」

「悪趣味だな。嫌いじゃないぞ」

地面から天井に向かっていくつもの筒が伸びている。その中には大量の液体が注ぎ込まれており、様々な生物が閉じ込められていた。魔物や動物はもちろんのこと、人間や魔族といった知的生命体まで。

いくつもの管《くだ》やよくわからない機械が身体中に巻きつけられ、装着されている。

『うっげぇ……。何かいかにも悪の科学者がいるような場所ね』

どうやら、ヴィルもあまりこの場所を好まないらしい。レナなんて嘔吐《おうと》するのをこらえているかのようだった。

まあ、四肢《しし》に欠損が見られるものもあれば、上半身だけ入れられているグロテスクなのもあるしな。あそこのなんて、子供が詰められている。

一般的な倫理《りんり》観を持つ者なら決してできないことだし、怒りを覚えるのも当然の光景だった。

「ああ、すまないな。もともと、人を招き入れることは想定していないんだ」

不意に、そんな我らに声をかけてくる男がいた。だが、彼は我らに背中を向けたまま、何かに没頭している。

異質なのは、男が身に着けている白衣である。白衣は本来、清潔さを表すもののはずなのに、それは白の布地に大量の血しぶきが付着している。不衛生極《きわ》まりなく、おぞましさを感じさせる。

そんな男が、ゆっくりと振り返った。キラリと光るのは、彼の装着している眼鏡《めがね》だ。

「とりあえず、言っておこうか。ようこそ、招かれざるお客様。私はヴェニアミン。精霊だ」

ようやく、我はこの世界を支配する精霊に出会ったのであった。

「いやいや、驚いたな」

そう言うと、精霊ヴェニアミンは我とレナに目を向けた。ジッと見られ、観察されているかのようだった。

うーむ……それにしても、精霊と言っても人間とあまり変わらない見た目なのだな。実際の力などは知らんが。

「ここには尖兵たちにも入ることを許可していない。すなわち、数百年という長い間にわたり、ここには私以外の者は存在しなかったのだ。初めてお客様を迎え入れたものだから、少々緊張してしまう」

まったくの無表情なので、緊張なんてしていないように見えるが……。とはいえ、我らを客と言うことができるほどの余裕はあるようだ。

その余裕を崩《くず》してやるのが、また楽しくて……。

「それで？　いったいどのようなご用件かな？　畏怖《いふ》されている精霊のもとに、わざわざやって来たんだ。何か理由があるのだろう？」

眼鏡越しに見据《みす》えられる。

全《すべ》てを見透かされそうな、一切の感情を抱いていない目。ただただ観察しようとしているような意図が感じられた。

別に、隠し立てするようなことは何もない。わざわざここに来てやった理由を話す。

「ああ、大したことではない。この世界は貴様ら精霊が支配しているようだからな」

「その考え方で、おおよそ合っていると言えるだろう。とはいえ、本当にこの世界の隅々《すみずみ》まで支配しているのかと問われれば、また話は別だがね。少なくとも、君たちが世界と捉《とら》える範囲に君臨《くんりん》していることは事実だ。それで？」

……まだ我が認識している以上に世界は広いの？

ちょっと気になることもあったが、とりあえず目的を先に話そう。それにしても、我の未知の世界とか、想像するだけでワクワクしてくる。

「この世界の住民は貴様ら精霊を恐れている。それゆえに……」

ニヤリと嗤《わら》う。

「貴様らを我が破壊し、その畏怖と恐怖を我が引き受けよう。この世界を再征服し、暗黒と混《こん》沌《とん》を再びこの世界に齎《もたら》すのだ」

唖然としてこちらを見てくるレナ。

ふっ……我の恐ろしさに声も出ないか。ヴェニアミンですら、ポカンと馬鹿みたいに口を開けている。

「くっ……ははは！　そうか。そんな理由でここにやって来たのか。いやいや、面白《おもしろ》い。私が想定していた返答の全てと異なっていた。ありがとう。久しぶりに笑わせてもらった」

何笑ってんだこいつぅ……。

正直、血みどろの白衣を身に着けた男が笑っていたら気持ち悪いぞ。

「貴様！　私の女神様をどうした⁉」

「うん？　君は……というより、女神？」

我の前にズイッと出てきて、ヴェニアミンを糾弾《きゅうだん》するレナ。

彼女は数百年間あの女神を助けるために虐待に耐えてきたのだ。その想いは非常に強烈だろう。ヴィクトリアは狂信的ともいえる信徒に慕われているようでなによりである。

『安心しなさい。あんたにも多分いるから』

いない。いない……いないはずなんだ……。

「豊穣《ほうじょう》と慈愛《じあい》の女神、ヴィクトリア様だ！　貴様らと戦い、捕らえられたはずだ！　貴様に身柄がわたっていることは、アールグレーンから聞いている！　知らないとは言わせないぞ！」

「ああ、もちろん知っているとも」

嘘をついて誤魔化《ごまか》そうとするのであれば、すぐに斬《き》り捨ててやるというレナの意思を強く感じた。だが、その必要はまったくないようで、ヴェニアミンは何ら躊躇することなく頷いた。

そのあっさりとした返答に、最悪のことを考えたのか、レナは顔色を青くする。

「まさか……こ、殺したのか……!?」

「それこそ、まさかだ。私が彼女を殺すはずがないだろう？」

即答。これまたあっさりとした否定に、レナはホッと胸を撫《な》で下ろす。

いや、そもそも神は死なないって何度言えば……。消滅はするけど。

「君は勘違《かんちが》いをしているようだが、別に私は人を殺したり虐《しいた》げたりしたいわけではない。もちろん、目的を果たすためなら多少の犠牲《ぎせい》は容認するが……とくに理由もなくそんなことはしないさ」

そう言うヴェニアミンの顔は、興味がないようなつまらなそうな表情だった。

おそらくだが、この男は自分に興味のあることしか行動しないのではないだろうか？　だからこそ、ヴェニアミンの尖兵を名乗って好き勝手やっていた連中がいても、何も咎《とが》めることはしなかった。尖兵たちが自分の名を騙《かた》って弱者を虐げていたとしても、していなかったとしても、彼にとってはどちらでもいいことだから。

「そもそも、私たちにも目的がある。そのために、あの女神は必要不可欠で……今も有効活用させてもらっているさ」

「有効活用、だと……？」

不穏《ふおん》な言葉に、レナは顔を強張《こわば》らせる。

……どうでもいいんだけど、長くないか？　さっさとヴェニアミンを破壊して女神を助け出すんじゃダメなのか？

もともと、我の中では女神の救出より精霊の破壊の方に重点を置いているから、この時間が退屈で仕方ない。

「ああ。どうせなら見て行くか？　私たちにとって、とても大切な女神を」

ヴェニアミンがそう言ったかと思うと、床の一部がスッと開いてそこから何かが伸びてくる。

それは、そこらじゅうに置いてある筒と同じようなものだった。だが、他のそれらよりも大きく立派《りっぱ》に作られていた。

また、中に液体が注がれているのも同じだが、何よりも違うのはそこに入れられている人につけられた機械と管の数である。他の者たちよりも、何倍も多い。

「なっ……!?」

ら。

「……悪趣味だな。ふははっ」

その筒に入れられた者を見て、レナは絶句し、我は思わず笑ってしまう。

そこにいたのは、彼女が捜し求めていた、女神ヴィクトリアの変わり果てた姿だったのだから。

◆

その姿は、かつての姿を知るレナをして愕然とさせるものだった。

記憶の中のヴィクトリアは、とても美しかった。容姿も、性格も、浮かべる表情も。どれも美しかった。その記憶にひびが入って粉々に砕《くだ》かれたかのように、レナは感じた。

金色の美しく豊かだった髪は、白髪へと変貌《へんぼう》していた。それは、強烈なストレスと絶望によるものだ。

優しい笑顔を浮かべていた彼女は、もういない。目は虚《うつ》ろで光を宿しておらず、頰《ほお》はこけてまるで幽鬼《ゆうき》だ。何の表情も浮かんでいない顔は、もはや生きているのかさえ分からない。

彼女は衣服を身に着けることさえ許されていなかった。豊満で美しく、まさに女性らしさというものを一気に詰め込んだような神々《こうごう》しささえ感じさせた肢体《したい》は、ボロボロになっていた。

シミ一つなかった肌は裂け、切り傷をはじめとする様々な傷跡が目立ち、今も痛々しい赤いものが見えている。柔らかな腹部にはどす黒く染まったアザもあり、明らかに内臓にダメージが与えられていた。

何よりも目を背《そむ》けたくなるのは、彼女の左腕が今にも千切れそうになっていることである。

「何だこれはあああああああ!?」

「言っただろう。有効活用させてもらっていると」

大量の汗《あせ》をかきながら絶叫するレナを見ても、ヴェニアミンは一切顔色を変えることはなかった。

「これは何をしているんだ？　ただ痛めつけているというわけではないのだろう？」

「もちろんだ。私は彼女から……いや、ここにいる全ての者たちから、魔素《まそ》を提供してもらっている」

魔素とは、魔法を使うために必要な粒子《りゅうし》とされている。魔素が集まって魔力となり、魔法はその魔力を使うことで行使できる。基本的に魔素は目に見えないが大気中に満ちているものであり、この世界に存在している者たちで意識している者はほとんどいないだろう。

だが、ヴェニアミンたちにとっては、喉《のど》から手が出るほど欲しいものだった。

「私の世界では、その魔素が枯渇《こかつ》しかけている。資源がなくなろうとしているんだ。分かるか？」

ヴェニアミンたちの世界では、この世界よりも魔法が非常に発達している。この世界ではそれほどではないのだが、あちらでは魔法工学が盛んであり、軍事兵器はもちろんのこと、一般的な家庭で使われる製品などにも魔法が取り込まれている。

そのため、この世界では使える者と使えない者が存在し、むしろ後者の方が多いのだが、ヴェニアミンたちの世界ではほぼ全ての人が魔法を使用することができた。それゆえ、技術は大きく発展し、世界は繁栄《はんえい》していたのだが、その代償に大気中に存在する魔素が急激に減少していき、もはやこのままでは魔法が使えなくなるという危機に直面しているほどだった。

だから、彼らは異世界に侵攻した。

そこに充満している魔素を何とか自分たちの世界へ送り込み、魔素の枯渇に怯える必要のない世界を作り出そうとして。

「私たち精霊は、何もこの世界を支配したいなんて馬鹿げたことを考えているわけではない。ただ、魔素をいただきたいだけだ」

現在はこの世界を支配しているような形になっているが、そうすれば邪魔されることなく魔素を回収することができる。まあ、ヴェニアミンのようにしている精霊の方が少ないのだが。

「そもそも、この世界にだけ侵攻しているわけではない。他の異世界……多種多様な世界に、私たち精霊は送り込まれている。そこで魔素を手に入れ、私たちの世界に送り込むためにな」

たとえヴェニアミンたちの侵攻した世界で失敗しても、他の異世界に侵攻した精霊が魔素を取り込むことができればそれでいい。それくらいしなければならないほど、彼らの世界の魔素の枯渇は深刻だった。

「貴様らに力があるのであれば、異世界に攻め込んでそこに住みついた方が楽なのではないか？」

「そうだろうが、私たちの世界のお偉いさまはその世界に愛着があるのではないか？　ともかく、私は命ぜられた任務を全《まっと》うするだけだ。……まあ、私以外の精霊はそんな任務を忘れて好き勝手やっているようだが」

バイラヴァの言葉に、ため息を吐きながら答えるヴェニアミン。

精霊というのは、力も強いが個も強い。そんな任務よりも、自分たちのしたいことやりたいことを存分《ぞんぶん》に楽しんでいる精霊がほとんどだ。

これが、精霊よりも強い存在が多くいる世界ならそんな自由もなかったのだろうが、少なくともこの世界で彼らと同等以上に戦える者はほとんどいなかった。

「あまりにも気が遠くなるような地道な作業だったが……この世界の神という存在は、この女神は、非常に素晴らしい素体《そたい》だ。魔素の保有量が、常人《じょうじん》や魔族といった存在よりはるかに多い」

ヴェニアミンは筒の中に入れられているヴィクトリアを見て、薄い笑みをこぼしていた。

他の筒に入れられている人間や魔族、動物や魔物からも魔素は吸い取っている。だが、ヴィクトリアはその中でも別格であった。

「常人であれば一年ですっからかんになり廃人になるのだが、彼女はすでに数百年間魔素を搾《さく》取《しゅ》され続けている。それでも、まだ壊れていない。素晴らしい！　……まあ、流石《さすが》に魔素の吸収効率は鈍《にぶ》くなってきたがね」

他の筒よりも管の数が多いのは、それだけヴィクトリアの身体から魔素を引き抜いているからである。しかし、流石に数百年も搾《しぼ》り取り続けていれば、魔素の出も悪くなる。

「だが、こうすれば問題ない」

ヴェニアミンの手には、いつの間にか機械的なボタンがあった。それを何の気負いもなく、軽く押せば……。

「ぎゃああああああああああああああああああああああ!?」

「ッ!?」

耳をつんざくような悲鳴を上げたのは、筒の中に入れられているヴィクトリアであった。

筒の中で炸裂《さくれつ》したのは、目もくらむような電撃だ。バチン！　という凄まじい音が、短時間に何度も炸裂する。ただただ浮かんでいたヴィクトリアの反応も苛烈で、悲鳴を上げてのた打ち回る。

筒に満たされた液体の中にいる彼女は、その苦痛から逃れることはできず、身体が焦《こ》げて煙すら上げる。

ようやく収まると、ガクリと頭を落とす。彼女につけられた管が光り、その光は巨大で複雑な機械へと流れていき、魔素が吸収されたことを示していた。

「このように苦痛を与えてやれば、また景気よく魔素を吐き出してくれる。いやはや、本当に感謝しているよ。この女神様にはね」

本当に感謝しているような笑みを浮かべるヴェニアミン。

こんなことが、数百年続けられているのである。自由を奪われ、尊厳を奪われ、そして電気ショックという到底《とうてい》耐えられないような拷問《ごうもん》を受けて魔素を無理やり引きずり出されているのである。

魔素は神気にもつながる。神は力を失えば消滅することを考えると、すなわちヴィクトリアは生命力そのものと言えるそれをずっと奪われ続けているということであり……。

彼女の光を失った目から、一滴の涙がこぼれて水面へと上がっていったのを見て、もうレナは我慢《がまん》ができなかった。

「貴様あああああああああああああああ!!」

薙刀を振りかざし、ヴェニアミン目がけて憎悪《ぞうお》に満ちた殺意をぶつけるのであった。

未《いま》だ到底万全とは言えない身体を鞭打《むちう》ち、一気に距離を詰めてヴェニアミンを斬り捨てようとするレナ。しかし、すぐに地面から機械的な触手《しょくしゅ》のようなものが伸びてきて、彼女の身体を拘束《こうそく》した。

力を込めて引っ張っても、その拘束を解くことはできなかった。彼女が本来の力を出すことができれば抜け出すこともできたかもしれないが、今の彼女では不可能だった。

「まあ、落ち着いてくれ。お前が彼女を大切に想っているのは何となく分かるが、これも私たちにとっては必要なことなのだ」

「ふざけるな！　貴様らのために、ヴィクトリア様がこのような目に遭《あ》っていいはずがない!!」

ヴェニアミンにとっては自分たちの世界。レナにとっては自分の主神。どちらも譲《ゆず》れないものであるがゆえに、ぶつかり合う。

一方、とくにどちらも大切に想っていないバイラヴァがのんきな言葉を発する。

「数百年間もこのようなことを続けていたのだから、もう十分ではないのか？」

「それがな、私たちの世界の魔素の枯渇はかなり深刻なんだ。正直に言うと、この女神は素晴らしい素体だが、彼女だけでどうにかなるほど軽い問題ではない。さらに言うと、この世界から私たちの世界へ魔素を送る過程にも問題がある。異世界へ送る際、魔素が大きく損《そこ》なわれてしまうんだ。私はそれをどうにか改善しようとしているのだが……なかなか難しくてな」

せっかくヴィクトリアから百の魔素を搾り取ったとしても、異世界に送る際にそれは十程度に落ち込んでしまう。

女神だからこそ百も搾り取れるのであり、常人などでは半年で廃人になるほど搾っても十ほどしか取れない。そうすると、異世界に送る際は一ほどしかなくなり……ヴェニアミンがヴィクトリアに感謝する理由が分かるだろう。

「この女神には、本当に感謝しているんだ。自分は裏切られて背中から攻撃され、売られてしまったというのに……それでもなお、この世界の住民のために身を投げだした」

ヴェニアミンは数百年前、ヴィクトリアを捕らえた時のことを思い出す。

自分が必死になって守ってあげていた者たちから裏切られ、全身ボロボロになっていた彼女。

普通なら、恨《うら》み言を言ったり怒りを抱いたりして当然だろうに、彼女は裏切った者たちにそのようなことは一切言わなかった。むしろ、ヴェニアミンから精霊がこの世界に侵攻した目的を聞いたとき、彼女は強い表情でこう言ったのだ。

『わたくしが代わりに魔素を提供しますわ。だから、他の人々には手を出さないでくださいまし』

自分を裏切った者たちですら、彼女は守ろうとした。その身を犠牲にして、死すら生《なま》ぬるいことが半永久的に続くと知ってもなお、それは変わらなかった。

これには、他人を守ったり思いやったりするという考えが一切ないヴェニアミンですら、感じ入るものがあったほどだ。

「そんな凛々《りり》しかった彼女も、百年もすれば言葉すら発せられないほどになってしまってな。不本意ではあったが、様々な拷問で魔素を提供してもらった」

しかし、そんな思いだけで耐えられるはずもなかった。

数百年という年月は、あまりにも長い。その間、少しも休むことなく、自身が存在するための力そのものを引き抜かれていくのである。

ゆっくりと、だが確実に弱まっていく自分の存在。真綿《まわた》でゆっくりと首を絞《し》められるような感覚は、間違いなくヴィクトリアの精神を弱らせていく。

そして、魔素の抽出《ちゅうしゅつ》がうまくいかなくなったときの、拷問である。精神的に追い詰められるのに加えて、肉体的に耐えがたい苦痛を与えられるのだ。

ヴィクトリアが壊れてしまったのも、当然と言えるだろう。

超常の力を持ち、不死の存在である神。だが、その精神は他の人間や魔族と何ら変わらないのだから。

「怒ったか？　まあ、当たり前か。この世界の支配者である精霊のもとに、わざわざ助けに来るほどなんだからな」

「そこの使徒は確かにそうだが……我は別に大して何も思っていない。そもそも、我と女神は敵対関係にあったしな」

スッと自分を見るヴェニアミンに、バイラヴァは至極《しごく》あっさりと否定した。

彼は、別に精霊の女神に対する行為に憤怒《ふんぬ》しているわけではない。

「最初に言っただろう。我は貴様を殺し、この世界を再征服するだけだと」

「くっ、ははは っ！　分かりやすくていいな。では、私も分かりやすく言おう。どうしてわざわざ君たちにこんな話をしたのかということにも関係するが……」

あくまでも、彼の目的は世界の再征服。そのために、現在世界を征服している精霊を叩《たた》きに来ただけ。

その純粋な気持ちと行動に、思わずヴェニアミンは笑ってしまった。

「先ほども言ったが、これだけの数から吸収しても、未だに魔素が足りん。ならば、もっと供給してもらうしかない。できるならば、この女神と同等の存在から……な」

意味深にバイラヴァを見やるヴェニアミン。不穏な空気が流れ始めたことに気づき、レナはごくりと喉を鳴らす。

「破壊神バイラヴァ。君にもこの筒に入って未来永劫《えいごう》魔素を供給し続けてもらおう。女神から得た情報通りの力を持っているのであれば、劇的に改善するだろう。なに、安心しろ。魔素を適量供給してくれるのであれば、拷問はしない。女神は不可能だったがな」

ズッと溢《あふ》れ出すのは、ヴェニアミンの異質で気味の悪いオーラ。破壊神でさえも自身の研究材料、魔素を搾り出す素体としか見ない無機質な目は、誰もがゾッとするほどの冷たさがあった。

「残念だな。貴様はここで死ぬ。世界のことなんて、もう考える必要はないぞ。貴様の首を持ち帰り、凱旋《がいせん》だ。我の方が精霊よりも強いことを、世界に知らしめてやる」

しかし、それを受けても好戦的に笑うのがバイラヴァである。この洞窟の中の研究室で、破壊神と精霊が激突する……かに思われた。

「そうか。勇ましいことだな。だがな、破壊神……もう終わっているんだよ」

「……あ？」

視界が赤く染まる。ダラダラと、全身から力が抜けていくような感覚。

いや、ダラダラと流れているのは、赤い血だ。目から、鼻から、口から。バイラヴァは血を流していた。

「なっ……!?　こ、これは……!?」

その光景に唖然とするレナ。しかし、彼女もすぐに吐血《とけつ》する。

「毒だ。匂《にお》いもなく、見ることもできない、毒霧《どくぎり》。ここまで回りが遅いのは驚かされる。神と……使徒か？　やはり、普通の人間とは違うらしい」

ヴェニアミンがこっそり、この研究室の中で毒の霧を発生させていたのである。もちろん、彼自身は抗体を打ち込んでいるため、その毒に苦しめられることはない。

また、それは異世界の……ヴェニアミンたちの世界で作られた毒であり、当然この世界の住人は誰一人として抗体を持たない、凶悪なものだった。

すでに、戦う前から勝敗は決していたのだ。

ヴェニアミンは魔素抽出の素体となるバイラヴァを捕らえようと近づいていき……。

「がはっ……!?」

壁まで吹き飛ばされた。背中からぶつかったため、キュッと呼吸が止まる。

「おお、焦《あせ》った……。久しぶりに搦《から》め手なんてもの、くらったかもしれんなぁ……」

『千年封印されていたし、千年前の戦争もガチンコの武力衝突だったものね』

のんきなことを言いながら、バイラヴァは健在だった。ごしごしと荒々しく頬や鼻の下に伝う血を拭《ぬぐ》い、笑う。そんな彼の身体からふわりと飛び立ったヴィルが、ピクリともしなくなったレナのもとへと向かう。

「……何故《なぜ》立てる？　効《き》いていないのか？」

ヴェニアミンはふらりとふらつく足に力を入れる。

やはり、戦闘は得意ではない。壁に叩きつけられたダメージも大きい。

「いや、効くぞ。ダメージも受けていた。神だから死にはせんがな。だが……我は破壊神だぞ？　毒を破壊することくらい、わけないわ」

「はははっ！　毒を破壊するか！　致死性の毒をそんな方法で克服されるなんて、思ってもいなかったな！」

バイラヴァは抗体を持っていなかった。だから、身体の中で暴れまわる毒を、破壊したのだ。

そんな非常識なことができるのは、間違いなくこの破壊神しかいない。破壊をつかさどる神だからこそ、為《な》すことができた力技である。

「それに、その小さなもの……妖精か？　まったく、驚かされる。どこから出てきたのかもわからんが、まさか実在するとはな。いや、彼らは何となく察していたのか……」

レナを回復させているヴィルを見て呟くヴェニアミン。

妖精は見たことがなかったが、どのような存在なのかは知っていた。とくに、彼らの世界では有名である。

自分たちの侵攻の妨げになる可能性が、非常に高かったからだ。

「さて、困ったな」

研究者的に妖精には興味があるが、今は彼女に構っている暇《ひま》はない。

「覚悟しろ。貴様を破壊してやる」

「それは困る。精霊は神と違って、普通に死んでしまうんだ」

「ならば、戦うがいい。己《おのれ》の力を振るい、我から逃れてみせろ」

「私はあまり戦闘向きではなくてな。ヴェロニカならあるいは……。まあ、そういうことだ。だから……」

ヴェニアミンはスッと血みどろの白衣から注射器を取り出した。それに詰められているのは、魔素。全ての力の根源である。

「私は、科学者らしく、研究者らしく、己の知識を使って戦わせてもらおう」

そう言って笑い、彼は自身の身体にそれを打ち込んだのであった。

ごわごわと、ヴェニアミンの体内で魔素が駆け巡る。血流よりも早く全身を駆け回ったそれは、彼の身体に変異を齎す。

瞬《まばた》きする間にもどんどんと巨大化していくヴェニアミンの身体。筋肉が異常なまでに発達していき、先ほどまでの二倍、三倍と大きくなっていく。

それだけではなく、彼の容姿は人間のそれとは異なっていく。角《つの》が生《は》え、顔は鬼のようにおぞましいものへと変わる。皮膚《ひふ》から飛び出ているのは骨だろうか？　それが硬質化すると同時に変色し、鋭利な武器へと変貌する。

愛着のあった血みどろの白衣を破り、彼の身体は完成した。

【魔素にはこういう使い方もある。ちゃんと研究した私しか分かっていないことだろうがな】

こうして、彼は堂々と破壊神の前に立った。

その巨大化した筋肉は、軽く撫《な》でるだけで人の命を奪うことができそうだ。禍々《まがまが》しい角が伸び、般若《はんにゃ》のような顔になった姿は、まさしく鬼と言うにふさわしい。

バイラヴァとその前に立つ彼とは、まさに子供と大人のような背丈《せたけ》の違いがあった。

そして、一般的に強さというのは体格の大きさで決まる。そのことから考えると、どう見てもバイラヴァに勝ち目はなかった。

【これで、戦闘が得意ではない私も君に勝つことができるというわけだ……な！】

ゴウッと唸《うな》りを上げてバイラヴァに迫る巨大な腕。岩のように硬い拳《こぶし》を受け止めるが、その場にとどまることができずに彼は後ろへと飛ばされる。その際、いくつもの筒が破壊され、中から液体と共に捕らえられていた素体が転がり落ちてくる。

「おいおい。貴様の大切な素体だろう？　破壊してしまってもいいのか？」

【必要ないさ！　君とあの女神がいてくれるのであれば、抽出する魔素の量は十分すぎる!!】

その言葉通り、追撃《ついげき》するヴェニアミンは筒など一切気にすることなく障害物として弾《はじ》き飛ばし、バイラヴァへと迫る。

異世界へと送る際に大きく損なわれる魔素のことを考えると、彼ら有象無象《うぞうむぞう》を大量に使うよりも、ヴィクトリアやバイラヴァといった魔素保有量が飛び抜けている存在を使った方が、はるかにお得だった。

「そうか。じゃあ……」

グイッと頬に付いた汚れを拭うバイラヴァ。

彼はニヤリと笑い、筒を破壊しながら迫ってくるヴェニアミンを迎え撃つ。

「我も遠慮なく破壊させてもらおう」

【……ッ!?】

ゴッとバイラヴァから溢れる衝撃波に、ヴェニアミンが壊す以上に筒が破壊される。それは彼まで届き、迫る勢いを大きくそぐ。

そして、その隙《すき》にヴェニアミンの懐《ふところ》まで入ったバイラヴァの拳が迫る。

【がはっ!!】

体格がまったく劣るバイラヴァの拳なんて、たかが知れている……はずだった。しかし、ゾッと背筋《せすじ》に走る冷たいものを感じ取ったヴェニアミンが太い両腕で防御《ぼうぎょ》するも、その上から叩きつけられたパンチで後ろに大きく吹き飛ばされてしまった。

【ぐっ……はぁ、はぁ……！】

チラリと見れば、拳が当たった方の片腕はぶらんとして力が入らず、歪《いびつ》な方向に曲がっていた。

【……厳しいな。神は強大な力を持っていることは知っていたが……君は女神とはまた違うようだ】

「当たり前だ。やつは豊穣と慈愛の神。もともと、戦闘は得意ではない。だが、我は違う」

ザリザリと破壊された筒のガラスを踏みにじりながら、バイラヴァは両腕を広げながら近づいてくる。

「我は破壊神。この世界に暗黒と混沌を齎《もたら》す者だ。戦闘が不得手《ふえて》なはずがないだろう？」

【そうか。なら……】

ギョロリとヴェニアミンは目を移す。そちらにあるのは、無事だった数少ない素体の入った筒。

そこに入っているのは、ヴィクトリアだった。

【こういう手段をとるしかないなぁああああ!!】

「待っ……!!」

ヴィルに回復してもらったレナが制止の声をかけるが、もちろん止まることはない。ヴェニアミンの振りかぶった手が、彼女の筒を破壊する。

「ちっ……！」

バイラヴァはとっさに散らばるガラスに身体を傷つけられ血を流しながらも、落ちてくる全《ぜん》裸《ら》のヴィクトリアを抱きかかえる。

何故こんなことをしたのか、自分でも理解ができない。最善策は、彼女のことは気にせず見捨てて、ヴェニアミンに攻撃を仕掛けることだった。

【助けに来たんだから、そうするよなあああ!!】

飛び散るガラスを砕きながら迫るのは、太く大きく岩のように硬いヴェニアミンの拳である。皮膚から飛び出た骨もあり、殴られればとてつもない苦痛を味わうことは見ただけでも分かった。

それが、バイラヴァに直撃する。バァン!!　と耳が張り裂けそうになるほど大きな音が鳴り響く。

手ごたえは、あった。ヴェニアミンは勝利を確信してほくそ笑み……。

「――――なるほど、悪くない」

バイラヴァがその場から一歩も動いていないことを見て、彼は愕然とする。

先ほどは殴られて後ろに吹っ飛んだはずだ。そして、今の殴《おう》打《だ》はそれ以上に力を込めたものだ。ここに立っているのはおかしい。

彼の渾身《こんしん》の拳は、バイラヴァの手によって受け止められていた。

「だが、拳とはこういうものをいうのだ。覚えておけ。そして、今度生まれ変わった時に、再び我の前に立ちはだかり、その拳を見せてみるがいい」

ゆらりと構えるバイラヴァ。拳を握りしめている。

それは、魔素を取り込み巨大化したヴェニアミンからすれば、本当にか細い弱々しいものだった。だから、本来であれば、逃げるどころか防ぐ必要すらないものだ。

だというのに……本能が警鐘《けいしょう》を鳴らしている。

逃げろ、逃げろ、逃げろ！

早く背中を向けて走れ！　頭《こうべ》を垂《た》れて命乞《いのちご》いをしろ！

だが、それはもう遅かった。

「破壊神パンチ」

音を置き去りにするバイラヴァの拳が迫った。

いや、迫ったという表現は適切ではないだろう。なぜなら、ヴェニアミンは彼の拳を見ることすらできなかったのだから。

「――――――あ？」

だから、次に彼が自身の状況を認識したのは、自身の身体がばらばらになって飛び散った時だった。拳がぶつけられた場所から、筋骨隆々《きんこつりゅうりゅう》の魔素を取り込んだ硬い身体が、爆発四散したのだ。両手首両足首までもが離れて地面にボトボトと落ちていく。

「……これが、破壊神か。なるほどな」

遠のく意識の中、彼は小さく呟いた。

「一度でいいから、研究してみたかった」

精霊ヴェニアミンは、恨み言一つ言い残すことなく、この世を去ったのであった。

◆

彼女は、ずっと暗い中にいた。

ちゃんと目は開いている。寝ているわけでもない。ただ、代わり映《ば》えのしないその視界を、数百年も興味を持って眺《なが》め続けることは、流石に彼女でもできなかった。

たとえ、目に見えていたとしても、彼女の意識は深い闇《やみ》の中にあった。それは、数百年も自由を奪われてこの場に留められていること、そして自身が存在するために必要な重要な魔素を搾り取られているからでもある。

何よりも、拷問による苦痛。これが、本当に耐えがたいものだった。全裸に剝《む》かれ、身体を隠すものが何もない。最初は羞恥《しゅうち》を感じていたはずだ。だが、興味深そうに精霊が自身の身体を筒の外から覗き見ていても、もはや何も感じることはなくなっていた。

この道を選んだことに、後悔はないはずだった。この世界の人々や魔族を守るために、精霊と戦った。

他の神々は皆、そのようなことはしなかったが、だからこそ自分だけは……豊穣と慈愛の女神である自分だけは、彼らに優しくしよう。祝福を与えよう。そう思って、今まで行動してきた。

千年前のあの戦争の時も、バイラヴァと敵対して戦ったのは、ひとえにその想いからだ。他の神々は自分たちのことも考えて戦ったのだろうが、彼女は心から世界の人々のためだけを思い、自分のことなど一切考えずに圧倒的暴力に立ち向かった。そして、数百年後、異世界から攻めてきた強大な力を持つ精霊たちに立ち向かったのもまた、同じ思いからである。

だが、それは慈愛を注いだ彼ら自身によって打ち砕かれた。背後から受けた衝撃と苦痛。驚かなかったといえば嘘になる。

しかし、それでも彼女は彼らのことを思い、精霊が魔素を抽出する必要があることを伝えてきたとき自分を差し出した。魔素というのは、誰にとっても非常に重要な要素だ。これを引き抜かれることは、死よりも辛《つら》い。

だから、それは自分が一身に受け止めよう。

彼女は守られていたにもかかわらず自分を裏切った彼らを恨んでなんていなかった。彼女の優しさは、世界を征服しようとした破壊神にさえ向けられる。であれば、自分を裏切った彼らにも向けられることは当然だった。

また、実際に裏切ったのはアールグレーンの信徒たちである。それで世界中の人々を恨むのは筋違いだ。

そう、分かっていたはずなのに……。数百年という長い年月とその間の拷問は、彼女を歪《ゆが》めてしまうのに十分すぎるものだった。

(どうして?)

自分が彼らを守ってあげなければならないのか。

他の神々は彼らを守らないから? 自分だけのために行動するから?

ならば、どうして自分もそうしてはならないのか。

(どうして?)

自分を裏切った人々のためにこの身を投げださなくてはならないのか。

恨んだらダメなのだろうか? 怒ってはダメなのだろうか?

自分は裏切られてどれほど辛い思いをしても、そんな彼らを守ってあげなくてはならないのか。

(どうして?)

自分はこんな辛い拷問を受けなければならないのか。

異世界が危ないから? そんなもののために、何故自分が存在を危うくしてまで魔素を奪い取られ続けなければならないのか?

魔素は自分たち神が消滅する可能性もある非常に大切で重要なものだ。それを痛めつけられながら吸い取られることは、想像を絶するほどおぞましいことだった。

(どうして? どうして? どうしてどうしてどうしてどうしてどうしてどうしてど

うしてどうしてどうしてどうしてどうしてどうしてどうしてどうしてどうしてどうし
てどうしてどうしてどうしてどうしてどうしてどうしてどうしてどうしてどうしてど
うしてどうして）

彼女は壊れてしまっていた。数百年という長い年月は、彼女を歪にしてしまうには十分だった。

人々のためではなく、自分のことを考えるのであれば、この筒からさっさと逃げ出したい。

だが、そうする力がすでに残っていないほど、彼女は痛めつけられ、魔素を搾り取られていた。

（誰か、助けて……）

だから、彼女は誕生してから初めて他者に頼った。初めて、彼女はすがった。

今まで彼女は頼られ、すがられていた。救った。助けた。

一方で、自分が頼り、すがり、救われ、助けられたことは一度もなかった。

なぜなら、彼女は神だから。慈愛と豊穣の女神だから。そんな彼女が、生まれて初めて他者を頼ったのである。

……もし、それが実現されたら。

彼女の望みどおりに救われ、自分の身を全て任せてもいいような頼りがいのある存在が現れたのであれば。

もはや、彼女は修復できないほど完璧《かんぺき》に壊れてしまうだろう。人々を思いやり、自分よりも他人のことを考える利他《りた》的な彼女は消滅するだろう。

そうして、粉々に砕かれて出来上がるのは、自己主義の塊《かたまり》。その救ってくれた存在に全てを預け、頼られ請《こ》われるという重責を全て押しつけるだろう。

だが、その代わりに彼女は尽くす。今までこの世界に住まう全ての人々に向けられていた慈愛と優しさを、その存在にのみ捧《ささ》げることになるだろう。

慈愛の女神の愛を、一身に受けることになる。それは、幸せなことだろうが……ある種、悪魔に憑《と》りつかれるよりもマズイことだろう。あまりにも暗く、濁《にご》り、ドロドロとしすぎているものだからだ。

それに、そもそもそんな存在が彼女の前に現れるはずがないのだ。彼女を捕らえているのは精霊。この世界の支配者である。唯一《ゆいいつ》対等に渡り合うことができるのは、神しかいない。

だが、四大神のうち二柱《ふたはしら》は姿をくらまし、もう一柱《ひとはしら》は自分をこのような目に遭わせた元凶である。だから、彼女が救い出されることは不可能だし、未来永劫ありえない……はずだった。

長い年月の拷問で精神をすり減らしていた彼女ですら忘れてしまっていた存在。四大神にあらずとも、そんな神々をも圧倒する最恐最悪の神がいたことを。

「――――」

バリンと、何かが割れた音がした。それは、彼女を捕らえていた筒……それ以上に、彼女の沈みきった暗い意識が破壊された音だったのかもしれない。

泥《どろ》にまみれた深い海底に沈んでいた彼女に、光が差し込む。

必死に……必死にそれに手を伸ばす。本来は美しかったその手もボロボロだ。誰かに見せるのも恥《は》ずかしく思うほど。しかし、そんなこと気にすることなく、彼女はただ手を伸ばした。

「誰か……助けて……！」

涙ながらの言葉。女神が初めて、自分のためだけに行動した。はたして、彼女の手は握られた。

「よう。久しぶりだなぁ、女神。我のこと、覚えているか？」

そう言って笑ったのは、かつての敵。千年前、世界を征服し破壊しようと画策《かくさく》し、全世界の戦力と単体でまともに殴り合った男。人々を思いやり救う女神からすると、天敵とも言える相手。

「あ、ああ……」

そんな彼に、彼女は救われた。

涙を流し、彼を見上げる。全裸であることなど、一切気にならなかった。

彼女は……豊穣と慈愛の女神ヴィクトリアは、初めて他者を頼り、ようやく救われたのであった。

「やっと……やっと見つけた……」

この人なら……彼なら救ってくれる。

だから、自分も捧げよう。全ての重責を彼に担《にな》わせるのだから、その対価を差し出そう。捨てられないように。二度と、自分があんな目に遭わないために。

ああ、破壊神。自分の全てを捧げよう。だから、自分の全てを担ってくれ。

「わたくしを、よろしくお願いしますわ」

――――わたクシの依存《いぞん》対ショウ。

◆

「……こいつ、我の腕の中で寝やがったぞ。我、敵だぞ？　破壊神ぞ？　のんきすぎるのではないか？」

「仕方ないじゃない。数百年間いじめられ続けていたんでしょ？　そりゃ疲れるわよ」

スヤスヤと安心したような穏《おだ》やかな表情で眠っている女神。そんな彼女の顔を覗き込み、ヴィルが言う。

いや、でもさぁ。我とあれだけバチバチやり合っていたのにさぁ……。なんというか、不思議な感覚である。

「あ、あの！　あまりえっちな目で見ないであげてください！」

「馬鹿か貴様。破壊をつかさどる神が性欲などで動かされるか。ほら、受け取れ」

先ほどまで泣いて喜んでいたレナが、少し頬を赤らめながら我に言ってくる。女神が全裸だからだろう。

我がそれを興味深そうにガッツリ見ていたらその言葉も理解できるけど、我、全然見てないよね？　そもそも、興味がない。我の使命は暗黒と混沌を齎《もたら》すことだしな。

というわけで、さっさと女神を押しつけようとすると……。

「む……？　こ、こいつ、我の服を……」

ギュッと服を摑《つか》んで放そうとしない女神。引っ張ってみるが、我の服が先に裂けてしまいそうなほど強く握っている。

こんなに力強いんだったら自分で脱出できただろ。

「あら～。すっごく懐《なつ》いているじゃない」

「こいつを犬か猫とでも思っているのか？」

ニマニマとほくそ笑むヴィル。

懐くって歳《とし》じゃないぞ。我も女神も、千年を超えた年月を生きているのだからな。まあ、我は封印されていたし、女神も囚《とら》われていたから、単純な年月では計れないところがあるのだが。

そんなのんきなことを考えていると……。

「こ、これは……!?」

レナが驚きの声を漏らす。ゴゴゴ……と重低音の音を鳴り響かせながら、ガタガタと揺れ始める研究室。

もしかしたら、その主がいなくなったために、壊れかかっているのかもしれない。

もともと、ここは洞窟の中にあったはずだ。ヴェニアミンが何かしらの魔法を使って、自分が殺された後にここでの研究成果や技術が漏れないようにしていたとしたら……この考え、割としっくりくる。

「はあ。とりあえず、出るか」

「は、はい！」

押しつぶされたら……我は死にはしないが、面倒《めんどう》であることは間違いない。完全に崩れてしまう前に、女神を抱えるレナと共に抜け出す。

ヴィルはすでに我の中だ。面倒臭がりめ。

「そう言えば、他の精霊はどこにいるのか知っているか？」

ふと気になったことを尋ねてみる。

我が世界に覇《は》を唱《とな》え再征服する際には、この世界でふんぞり返っている精霊は邪魔でしかない。ヴェニアミンと同様、皆殺しにしてやる所存《しょぞん》であるが、居場所がなぁ……。

「あ、いえ……そこまでは。私もずっとアールグレーンに捕らえられていましたので……」

まあ、それもそうか。それに、精霊同士は普段接触しないようにしていると言っていたし、少なくともこの近くにはいないのだろう。

ならば、どうにかして他の精霊を見つけ出さなければならないな。

『ふっふっふっ……あたしの出番のようね』

我が方法を悩んでいると、ヴィルののんきな声が聞こえてくる。

『あたしに良い考えがある』

……本当に大丈夫か？

やけに自信満々な彼女の声に、我は不安しか覚えないのであった。

◆

その日、世界の人々は空を見上げた。世界各地の精霊と尖兵の暴虐に苦しみ悲しんでいた彼らは、空中に突然投影された男の姿を仰《あお》ぎ見ていた。

『えーと……こほんこほん。よし、喉の調子はいいな？　やるぞ』

何やら喉の調子を整えている男が映されている。

唐突《とうとつ》にこんなものを見せられて、世界中の人々が困惑していた。

『ふはははははは!!　久しいな、愚民ども。我のことを覚えている者はいるか？　いや、いないだろうなぁ。なにせ、千年ぶりのことだからな』

突然笑い出し、自分たちを愚民と呼ぶ男にさらに困惑。

『では、自己紹介といこう。我は破壊神バイラヴァ。千年前、この世界を破滅に追いやり、今《こん》代《だい》において再び世界を征服し、暗黒と混沌を貴様らに齎す者だ!!』

それは、現代におとぎ話として伝わる神の名前だった。

もちろん、それを信じる者はあまり多くはなかった。だからと言って、明確に否定することもできなかった。

もし嘘だとしたら、この空中に投影されている映像はなんなのだ？

『しかし、どういうことだ？　我がいない間に、この世界はわけのわからん精霊とやらに支配されていると聞く。なるほど、では我の出る幕はないということか？　馬鹿らしい』

やれやれと首を振る破壊神は、あっさりと切り捨てた。

『いいか？　この世界は我のものだ。断じて、異世界からやってきた盗《ぬす》っ人《と》精霊のものではなく、またその威《い》を借りて好き勝手している尖兵のものではないのだ。ゆえに……我が、この世界に巣くう精霊と尖兵というゴミを抹消《まっしょう》しよう』

その言葉に息を飲む人々。

この世界において、精霊や尖兵に逆らうことは許されない。蹂躙《じゅうりん》され、略奪され、殺されたって文句を言うことはできない。国家ですら、自国民が悲惨な目に遭っていたとしても、助けてくれないのだから。

しかし、この破壊神を自称する男は、明確に堂々と彼らに喧嘩《けんか》を売ったのである。

『すでに、一匹の精霊は狩った。あと何人いるのか知らんが、これを見て覚悟しておけ。いずれ貴様らのもとへ行き、皆殺しにしてやる』

驚愕《きょうがく》の声を上げる人々。

精霊がすでに殺された？　この男によって？

真実か偽《いつわ》りか……いや、偽りでこんなことを言う者はいないだろう。これは、おふざけでは許されないようなことだ。

事実、尖兵たちは怒りまくっている。

ならば、本当なのか？

ざわざわと人々が言葉を交わし始める。

もしかして、あの男は本当に……精霊と尖兵を打ち倒し、自分たちの……。

『そして、そんな馬鹿どもに蹂躙されるだけの愚民ども。貴様らも覚悟しておけ。この世界を再征服するのは、この破壊神バイラヴァなのだからな！　ふははははははははは!!』

自分たちの、救世主になってくれるのではないか!?

『よし、これでいいか。ふははっ！　愚民どもは恐れおののいただろうな！　我の怖さにビビりまくりだろう！　あとは最初のところを編集でカットだ』

『あ、ごめん。生放送《なま》だったわね、これ』

『なんで!?』

そんな白目を向けたくなる会話があって投影が終わっても、彼らの興奮《こうふん》は止《や》むことはなかった。

破壊神バイラヴァ。千年前、この名前は畏怖と憎悪を込めて呼ばれていた。だが、千年後のこの世界において、その名前は希望と親愛を込めて呼ばれるようになるのであった。

◆

清潔で柔らかなベッドの上に、ヴィクトリアは横になっていた。そこにバイラヴァが現れると、ゆっくりと身体を起こす。

「随分《ずいぶん》回復が早いものだな」

「……バイラヴァ様」

「なんだ、口が利《き》けるのか。貴様の使徒からは、ろくに喋《しゃべ》ることもできないと聞いていたが」

見舞いのような形になっているのも、レナから懇願《こんがん》されたからである。昔からの知り合いであるバイラヴァが来れば、何か変わるのではないかと思ったのだ。

ヴィクトリアは精霊の手から救出されてから、身体のダメージを回復させるために眠っていた。その後目を覚ましたのだが、普段からボーッとしていて、あまり自分から動かないような状況になっていた。

バイラヴァの言葉を聞いて、ふと視線を落とす。

「レナですか。彼女には悪いことをしましたわ。あの子は、わたくしのことを裏切らなかったのに」

「貴様のために、アールグレーン程度に数百年拷問され続けた女だ。相応の報《むく》いをしなければならんだろうな」

『あなたのことをずっと待ち続けているであろうバイラヴァ教徒たちにもね！』

黙れ殺すぞ。

内心でヴィルに対して強烈な殺意をぶちまけた。

ずっと立っているのも何なので、ベッドの上に腰かける。すると、当たり前のようにヴィクトリアは彼の隣にすすっと寄った。肩が触れ合うような密着具合であるが、これが昔からの距離感なので、二人とも当たり前のような雰囲気《ふんいき》を醸《かも》し出していた。

こっそり覗いていたレナが唖然としていた。

「そうですか……。本当に、感謝しかありませんわ。あの子がいなかったら、バイラヴァ様にわたくしが救われることもなかったでしょうから」

「我は貴様を救うために行動したのではないぞ。精霊を破壊したかったから行動し、その結果貴様が勝手に助かっただけだ」

「ツンデレなのは承知の上ですわ。長い付き合いですし」

「誰がツンデレだ殺すぞ」

ふふっと楽しそうに笑うヴィクトリアと、マジ切れしているバイラヴァ。対照的な二人であった。

「夢のようですわ。あの地獄が、永遠に続くと思っていましたから」

「神の不死性が仇《あだ》となったな。定命《じょうみょう》の存在なら、とっくに楽になれていただろうに」

「本当に困りましたわ。……もっと困ったのは、わたくしの頭の中の変容ですわね」

「変容？」

怪訝《けげん》そうに眉《まゆ》を顰《ひそ》めるバイラヴァ。見た目はほとんど変わらないが、中身が大きく変わっているのは、本人のヴィクトリアが最も理解していた。

「わたくしは、神は人や魔族を導き、慈《いつく》しみ、救う。そうあるべきだと思っていましたし、そのように行動してきましたわ。でも、今回のことがあって……わたくしも色々と考えてしまいましたの」

　ヴィクトリアは、まさしく人が欲して夢想する神そのものだった。

　優しく、手厚く導いてくれる。対価を支払わなくとも、助けてくれる。そんな神が、ヴィクトリアだった。

　ちなみに、バイラヴァやアールグレーンを見ていたら分かると思うが、他の神は本当に自分勝手である。

「疲れた、というのが一番正しいかもしれませんわね。それか、怖い。また裏切られるのが、あの地獄に戻るのが、恐ろしい」

　そっとバイラヴァの肩に頭を乗せるヴィクトリア。露骨《ろこつ》に嫌そうな顔をしているのは、見ないことにした。

「そうか」

「……そっけないですわね」

「我があれこれ心配して、それで貴様は救われるのか？」

「…………」

　ヴィクトリアが返答しないということが、答えであった。

　結局、彼女が受けた仕打ちや傷は、同じ経験をしなければ苦痛を分かち合うことはできない。理解していると口で言っても、彼女はまったく信用できないだろう。満たされることも、救われることもない。

「それに、我がそんなバカみたいな性格をしていないことは、貴様がよく分かっているだろうに」

「バカみたいというのは否定しますが、確かにそうですわね」

人に寄り添い共感するというのはとても大事なことだ。昔のヴィクトリアなら、バイラヴァをメッと叱っていたことだろう。

だが、彼女は変容してしまった。他人のためではなく、自分のために。裏切られるくらいなら、好き勝手に生きる。そんな思いが強くなってしまっていた。

「こうして、寄りかからせてくださるだけで、十分ですわ」

「寄りかかるな」

甘い香りがバイラヴァの鼻孔《びこう》をくすぐる。当たり前のように密着してくる。それだけでも嫌なのだが……今まで何も言わなかった彼が口に出したということは、許容できないことがあったからだ。それは何か？

シュルリと衣擦《きぬず》れの音がした。

「……あと、どうして脱ぐ」

ヴィクトリアは脱いでいた。全裸である。身体に痛々しい傷などは見受けられない。神の回復力と、ヴィルの回復魔法のおかげだ。

つまり、彫刻のように美しく、凹凸《おうとつ》に恵まれた肢体が、惜《お》しげもなくさらされている。そして、それはふにゅりと柔らかく形を変えながら、バイラヴァに押しつけられていた。

顔を赤らめることなく、心底《しんそこ》嫌そうにするバイラヴァ。ヴィクトリアも恥ずかしがることなく、その状態でさらに密着する。

「そっちの方が安心するし、気持ちいいからですわ」

「おい、貴様の使徒を呼べ。長年の拷問で頭がおかしくなったようだと伝える」

「近づかないよう主神命令を出しておりますの」

「さすがにひどくないか……？　仕打ちが……」

主神命令を何とか守っていた覗き魔レナであるが、さすがに度が越えていると、我慢できずに突撃してくるまで、この密着抱擁《ほうよう》が解かれることはなかったのであった。

◆

「なあ。最近、尖兵が動いていない気がしないか？」

バイラヴァの生放送が届かない場所。まだ精霊の一人が打ち倒されたという事実を知らない地域に住む男が、ポツリと呟いた。

この辺《あた》りを勢力圏にしているのは、ヴェニアミンではなく、また別の精霊だ。しかし、ここでも尖兵の動きが明らかに鈍っていた。

「……確かに、あれだけ幅を利かせていたのに、今では全然だな」

「何かあったのかね……？　まあ、こっちとしてはありがたいんだけど」

「おい、あまり大きな声で言うなよ。今は活動していないだけかもしれないからな」

「そうだな」

そう言って、彼らは日常に戻っていく。彼らの知らない遠い場所で、まさかその精霊が捕まって監禁されているとは、夢にも思っていない。

「貴様ら！　この俺を誰だと思っている!?　誇り高い精霊だぞ!?」

その精霊は大きく声を上げる。色々と衝撃的過ぎて、うまく頭の中がまとまっていないということもあった。

なぜ、精霊である自分が捕まってしまったのか？　なぜ、強大な力を持つ自分が、椅子《いす》に縛《しば》りつけられるという簡易な拘束すら振りほどくことができないのか？

そして、何より、自分を取り囲む大勢の異形《いぎょう》の者たちは何なのか？

人間か？　魔族か？　それすらも分からないが、人型を形作っていることは分かる。

しかし、分かるのはそれくらいだ。

「………………」

「何とか言え！　何が目的だ!?」

そして、情報を引き出そうにも、無言を貫《つらぬ》いてただじっとこちらを見てくるのみ。それは、精霊にとって恐ろしいまでのストレスを与えていた。

何の目的かもわからず、監禁され、コミュニケーションが取れないというのは、精神的に参ってしまっても不思議ではない。強大な力を持つ精霊だからこそ、まだ正常であることができていた。

「目的は、決まっています。布教です」

その言葉を聞いて、精霊はギョッとする。

初めて返事があったということもある。何より、その返答をした人物が、とてもじゃないが普通の見た目をしていなかったからである。

身長は高い。精霊が拘束されておらず、普通に立っていたとしても、それ以上だろう。

ボロボロのドレスを身に着けており、まるでつい先ほどまで暴行を受けていたかのように薄汚れている。

そして、何より異質なのは、目や鼻、口までも覆《おお》い隠すように、全身を包帯で包んでしまっていることである。血がにじんでいることから、それがファッションではなく、必要に応じて巻かれていることは明白だった。

容姿はもちろん、性別すら分からないありさまだが、胸部が大きく膨《ふく》らんでいることから、女であると推測《すいそく》はできた。

見るからに普通ではないその存在に、強者であるはずの精霊でさえも、軽く気圧《けお》されてしまった。

「ふ、布教？　何を言って……。まさか、この世界を支配していた四大神とやらの宗教か？」

「いいえ、違います。あんなまったく意味のないクソみたいな宗教と一緒にしないでください。

わたくしたちが信仰しているお方は、この世で最も尊く、崇拝《すうはい》されるべき素晴らしいお方なのですから」

その言葉を聞いて、精霊は勢いづいた。

何せ、四大神はもはや精霊に逆らえない状況にある、格下だ。彼らとは違うと言っているが、この世界の主要な宗教はその神々であるから、それ以外の神なんてなおさら脆弱《ぜいじゃく》である。だから、侮《あなど》った。自分が置かれている状態も忘れ、それをバカにした。

「はっ！　お前みたいな化け物を信者にしている宗教の神ね。想像するだけで悍《おぞ》ましい奴だってことは分かるな」

「────」

「なんだ？　怒ったか？　その大切な神を、俺たち精霊は容易《たやす》く殺せる。そうされたくなかったら、さっさと俺を解放しろ！」

静まり返る場。もともと、この異質な女が返答をするまでは、ひたすら無言の時間が流れていた。これくらいで怯《ひる》むことはなかった。続けて声を張り上げれば、ピタリと硬直していた女が震え始めた。

「おお、おお、おお！　何と強いお言葉。素晴らしい！」

「は？」

称賛されるとは微塵《みじん》も考えていなかったため、唖然とする。そんな精霊を気にも留めず、女は嬉々《きき》として話し続ける。

「我らが神もお喜びになられるでしょう。あなたのような強い言葉で飾り立てる者が、とてもお好きなお方ですから」

うんうんと満足そうに頷く女。

「しかし、その言葉と内面が釣り合っているかどうか。それは、敬虔《けいけん》なる信者であるわたくしが確かめる必要がありますね。ええ、ありますあります。必ずしなければなりません」

「何を言って……」

「我らが神は、とてもお忙しい。わたくしたちを守るために、下等な存在の敵意を一身に集めておられる。ならば、信者であるわたくしたちも、神のことをお守りしようとするのは当然でしょう。神はそのような負の感情を向けられることを好ましく思われておられる。しかし、有象無象ならば、ただお手を煩《わずら》わせるだけです。だから、あなたがその雑魚《ざこ》どもと違うということを確かめなければなりません。そういった雑魚なら、わたくしたちで処分する必要がありますから」

精霊は、この女の言っていることの一割も理解できなかった。数少ない分かったことと言えば、この女が、明らかに自分のことを見下していることである。

この世界を支配する、精霊である自分をだ。それは、彼にとって到底許容できることではなく、怒りを爆発させる。

「雑魚……雑魚だと？　貴様らのような下等な連中が、精霊であるこの俺を……！　調子に乗るのも大概《たいがい》にしろ！　皆殺しにしてやるぞ！」

「神はどのように思われるでしょうか？　わたくしの、この行動を。褒《ほ》めてくださるでしょうか？　それとも、お怒りになられるでしょうか？　ああ、ああ……。願わくば……」

精霊の本気の怒りをぶつけられても、女は陶酔《とうすい》したように自分の世界に入り込んでいた。恋焦がれるように、手の届かないところにいるあの方を強く求める。

「――――わたくしのことを、徹底的に罰してほしい」

万感《ばんかん》の思いを込めてささやくと、女はスラリと短剣を抜く。ろくに手入れもされていない、汚《きたな》らしい剣だ。

縛られている自分に向けられることは明らかであり、精霊は頬を引きつらせる。

たとえその程度では死なないといえども、苦痛は味わうのだから当然だろう。

「お、お前、何を――――？」

◆

血まみれになって倒れている精霊。すでに拘束も解かれているのだが、ピクリとも動かない。命を落としているのだから、当然と言えた。

やはり、あの短剣で拷問を受けて殺されたのだろうか？

しかし、不思議なことは、女も全身に巻いた包帯に血がにじんでいるということである。しかも、精霊よりも重傷に見えた。

しかし、彼女は平然と生きて、立っている。

「ああ、あああ……。これが神の罰。とても苦しくて、甘美です」

全身に大けがを負っている女。血だらけで、普通ならすぐにでも治療を受けなければならない。

だというのに、周りの者たちは誰も慌てていない。いつものことだからだ。

「しかし、やはり自分でやるとなると、あまり強い罰にはなりませんね。やはり、我らが神が復活し、そのお力でわたくしを……あぁっ」

何かを夢想し、ビクビクと身体を扇情的《せんじょう》に震わせる女。

見た目はミイラそのものなのに、とてつもなく色気に満ちていた。

「ですから、あなたたちのお力は、神の復活のための生贄《いけにえ》となります。とても光栄なことです。うらやましい限りです。おめでとうございます」

パチパチと、拍手《はくしゅ》をする女。それに追従するようにして、多くの者たちが拍手をした。それは、いつしか万雷《ばんらい》の拍手となる。

拍手を受けるのは、物言わぬ骸《むくろ》となった、名もなき精霊であった。

死体に向かって大勢で拍手をする。それは、あまりにも不自然で、悍《おぞ》ましい光景だった。

「しかし、最近は潜っていて世界で何が起きているのか、あまり把握《はあく》できていませんね。他の使徒とも連絡を取りたいですし、そろそろ出ますか」

そう言って、女――――ドローアは表に出ることを考え始めた。

ここは、バイラヴァ教の秘密の集会所。

そして、ドローアはかつて世界を相手に戦い、世界征服一歩手前までいった破壊神の使徒の一人。

【血女《ちじょ》】と呼ばれ忌《い》み嫌われた、バイラヴァの忠実な信徒であった。

◆

「うおー！　すっげえ面白そうな奴が出て来たなー！」

空中投影が消えた後、少年はとても楽しそうに笑っていた。

「精霊を殺すって言うのはムカついたけど、こんなこと言ってきた奴なんて誰もいないもんな。ははは っ、ワクワクしてきた！　いずれ俺のとこにも来るだろうし、楽しく遊びたいなぁ」

自分を殺すと言われても、彼は笑った。なぜなら、そんなことできるはずがないと心の底で確信を抱いているからだ。

だから、破壊神がやってきたとしても、彼を使って弄《もてあそ》ぶことしか考えていない。

「なあ。お前らもそう思うだろ？」

そう言って彼が目を向けた先には、常軌《じょうき》を逸《いっ》した身体を持つ動物や魔物たちが蠢《うごめ》いていたのであった。

あとがき

『破壊神様の再征服　～世界征服をしたら救世主として崇められるんだけど～』を手に取ってくださり、ありがとうございます！　溝上《みぞかみ》です。

第一巻で登場したキャラクターで補足したいものを書いてみました。

本作の主人公である破壊神バイラヴァ。昔々に神やら人やら色々な存在と大体敵対して封印《ふういん》されていた彼ですが、封印が解かれたと思ったら精霊なる存在に世界を支配されていたため、それを破壊してやろうと張り切るお話です。勧善懲悪《かんぜんちょうあく》とかになるかと思っていたのですが、バイラヴァもだいぶ不憫《ふびん》な感じになってしまいました。やっぱり、主人公はひどい目に遭《あ》わなければ……。本作だと、主人公がメンタル的に追い詰められるような気もしますが。バイラヴァが本当に嫌がりながら日常を送っていきます。

第一巻のメインヒロイン（?）であるヴィクトリア。カバーイラストでとても可愛《かわい》らしく、綺麗《きれい》に描いてもらった女神様ですが、仲間の神アールグレーンや精霊ヴェニアミンのせいでひどい目に遭ってしまいました。一番女神らしく人にも優しい神様だったのですが、なんだか色々と壊れてしまい、バイラヴァを苦しめることになります。これがヒロイン……？

精霊ヴェニアミン。世界を侵略してきた悪い奴《やつ》です。精霊としての大きな目的はありますが、ヴェニアミン含め精霊たちは自分の欲望を優先して好き勝手やっています。ヴェニアミンにとっては、この世界の神であるヴィクトリアの研究も含んでいたんですね。そのおかげでぶっ壊れちゃってバイラヴァが大変な目に遭いますが、まあヨシ！

やばいバイラヴァ教徒、ドローア。WEB版で連載しているときは、なんだかんだでバイラヴァ教徒を匂《にお》わせるだけになってしまったのですが、書籍として発売することになったおかげで登場させることができました。主人公に傾倒するにふさわしいやばい奴ですね。バイラヴァのメンタルがもっとボロボロになりそうで楽しいです。この先活躍してくれたら嬉《うれ》しいですね。

以下は、本作に関《かか》わってくださった方のお礼となります。

素晴らしいイラストを描いてくださったさなだケイスイ先生、丁寧《ていねい》に対応してくださった担当編集者様、本作を拾ってくださったダッシュエックス文庫様、そして本作を手に取ってくださった読者の皆様、本当にありがとうございました！

溝上　良

この作品の感想をお寄せください。

あて先　〒101-8050　東京都千代田区一ツ橋2-5-10
集英社　ダッシュエックス文庫編集部　気付
溝上 良先生　さなだケイスイ先生

ダッシュエックス文庫

破壊神様の再征服
～世界征服をしたら救世主として崇められるんだけど～

溝上 良

2023年4月30日 第1刷発行

★定価はカバーに表示してあります

発行者 瓶子吉久
発行所 株式会社 集英社
〒101−8050 東京都千代田区一ツ橋2−5−10
03(3230)6229(編集)
03(3230)6393(販売/書店専用) 03(3230)6080(読者係)
印刷所 大日本印刷株式会社
編集協力 蜂須賀隆介

ISBN978-4-08-631504-3 C0193

史上最強の宮廷テイマー
～自分を追い出して崩壊する王国を尻目に、辺境を開拓して使い魔たちの究極の楽園を作る～

すかいふぁーむ
イラスト／さなだケイスイ

竜や魔獣、あらゆる動物を手懐けるテイマーが突然解雇！　家族と一緒に未開拓領域を目指し、規格外のテイムで使い魔の楽園を築く。

史上最強の宮廷テイマー2
～自分を追い出して崩壊する王国を尻目に、辺境を開拓して使い魔たちの究極の楽園を作る～

すかいふぁーむ
イラスト／さなだケイスイ

奴隷エルフを救出するために帝国での潜入捜査をしていると、竜人族の女商人から眠りにつく〝青龍〟をテイムしてほしいと依頼され!?

史上最強の宮廷テイマー3
～自分を追い出して崩壊する王国を尻目に、辺境を開拓して使い魔たちの究極の楽園を作る～

すかいふぁーむ
イラスト／さなだケイスイ

ブルス帝国と周辺国と終戦の仲介役に駆り出されることになったユキアは、妹であるシャナルに神獣・白虎の単独テイムを任せるが!?

【第3回集英社WEB小説大賞・銀賞】
世界最強のジョブ・レンダー《職業貸与者》
～パワハラ勇者パーティーから追放された少年の異世界無双～

九十九弐式
イラスト／桑島黎音《れいん》

チート職業を貸与していたハズレ職業の幼馴染に追放され、自由の身になったトール。自分にも職業を貸与して新しい仲間と冒険へ!!

【第3回集英社WEB小説大賞・大賞】
銃弾魔王子の異世界攻略
—魔王軍なのに現代兵器を召喚して圧倒的に戦ってもいいですか—
緑豆空
イラスト／赤嶺直樹

【第3回集英社WEB小説大賞・銀賞】
万能スキルの劣等聖女
～器用すぎるので貧乏にはなりませんでした～
冬月光輝
イラスト／ひげ猫

【第2回集英社WEB小説大賞・金賞】
許嫁が出来たと思ったら、その許嫁が学校で有名な『悪役令嬢』だったんだけど、どうすればいい？
疎陀 陽
イラスト／みわべさくら

【第1回集英社WEB小説大賞・銀賞】
パワハラ聖女の幼馴染みと絶縁したら、何もかもが上手くいくようになって最強の冒険者になった
～ついでに優しくて可愛い嫁もたくさん出来た～
くさもち
イラスト／マッパニナッタ

サバゲーで命を落としたミリオタが貴族の息子として異世界転生！ 元の世界の銃器を召喚する特殊スキルで敵国に反撃する逆襲譚!!

突出した才能がないことを理由にパーティーから追放された聖女は実は全てが超優秀!? フリーに転身して評価を上げて成り上がる!!

突然すぎる許嫁発覚で、平凡な日常が一変!? すべてがパーフェクトな『悪役令嬢』と一つ屋根の下生活で、恋心は芽生えるのか…？

幼馴染みの聖女と過ごす辛い毎日からハーレム天国に!? パーティを抜けた不安はどこへやら、神をも凌ぐ最強の英雄に成り上がる!!

4月刊 2023年 YJC ダッシュエックスコミックス 大好評発売中!!
DASH X COMIC INFORMATION
※2023年4月現在の情報です。
ギルドを影から支えていた
平凡男子
ギルド追放された
雑用係の下剋上
～超万能な生活スキルで世界最強～
1
原作 夜桜ユノ
漫画 柳輪
ネーム構成 ユーキあきら
圧倒的家事力で無双する!!
ダンジョン探索で極貧社畜生活から大逆転!!
社畜、ダンジョンだらけの世界で固有スキル『強欲』を手に入れて最強のバランスブレーカーになる③
～会社をやめてのんびり暮らします～
原作／相野 仁 漫画／拓平 キャラクター原案／転
強さを隠して自由に生きてもやっぱり最強!?
史上最強の魔法剣士、Fランク冒険者に転生する⑨
～剣聖と魔帝、2つの前世を持った男の英雄譚～
原作／柑橘ゆすら 漫画／亀山大河
デザイン協力／青乃 下
戦闘も恋愛も勇者超え!? 神速の異世界譚！
異世界に来た僕は器用貧乏で素早さ頼りな旅をする⑦
原作／紙風船 漫画・キャラクター原案／こちも
コンテ／雀村アオ
心も身体も激しく愛し合う冒険ファンタジー！
裏切られたSランク冒険者の俺は、愛する奴隷の彼女らと共に奴隷だけのハーレムギルドを作る⑦
原作／柊 咲 漫画／川田暁生
キャラクター原案／ナイロン
無敵だけど世間知らず!? 超最強が旅に出る！
剣神と魔帝の息子はダテじゃない②
原作／shiryu 漫画／結 ゆい
キャラクター原案／葉山えいし
完結
仲良し兄妹のひみつの攻略日記ついに完結！
地下室ダンジョン⑥
～貧乏兄妹は娯楽を求めて最強へ～
原作／錆び匙《すぷーん》 漫画／ひびぽん
キャラクター原案／keepout
魔物もエルフも神獣も仲間にして楽園創造中！
史上最強の宮廷テイマー②
～自分を追い出して崩壊する王国を尻目に、辺境を開拓して使い魔たちの究極の楽園を作る～
原作／すかいふぁーむ 漫画／天城五寸釘
コンテ／猫箱ようたろ
水曜日はまったり ダッシュエックスコミック
ニコニコ漫画にて大好評配信中!!
水曜日はまったりダッシュエックスコミック で検索！